第九届(2018—2020)小小说金麻雀奖获奖作家自选集

{杨晓敏　尹全生　梁小萍　陈兰　主编}

半座桥

戴智生 —— 著

中国出版集团
中译出版社

西门羊肉馆	123
他乡是故乡	126
阿拉上海人	130
女房东	134
月牙湾	138
山雨	142
照壁	145
哭嫁	149
灯芯换鸡毛	153
严溪锁钥	157
白切狗肉	161
映山红	165
保长梅石柱	169
荫庇	173
雾障云屏	177
还眼债	181
讲究	185
名堂	188
说罪	192
意外	196
治病	200
峰回路转	204
加油	208
包馅粿仂	212
油水	215
一张菜票	219
百年茶号	223
百顺布号	227
树神	231
响泉	235
老屋	238
鸟巢	243

目录
CONTENTS

年货	001
过大年	005
拜年	011
春条	016
打彩	020
吊清明	023
小年说事	026
同年爷	030
家父	034
姆妈不当家	038
娘家人	042
一辈子的姑姑	045
五叔的寿诞	049
姐姐	053
日子	057
享受	060
眼泪往下流	064
堆婆家	068
武娘	071
疯媳妇	075
哑叔	080
一片枯叶	083
儿啊，回来吧	085
要一次体面	089
大红的T恤衫	092
老姜	096
老崽	100
邻里宽仂	103
蛮子德仂	107
老街坊	111
南街小组长	115
儒学前小吃店	119

上梁	273
马头墙	268
风水池	264
半座桥	260
管家	256
龙门石窟	252
我写小小说（代后记）	248

年货

街上的摊位多了起来，到处出售大红大绿的年画。大年还有些时日，家家便一律忙碌起来：大扫除、办年货。

和平的爹娘有分工：娘主内，爹主外。和平是二儿子，读初中，没有寒假作业，便做娘的帮手。家里如何计算，他听到爹娘商量，哪些东西该买，哪些有供应票的也要放弃。

大年一日日临近，爹反而一脸严峻。娘再三交代儿子："办过年的事，不能乱说话，莫惹爹生气。"

糯米是爹从十里湾姑姑家背回来的。爹先送去一些紧俏物资，比如火柴、肥皂、印花布。糯米、粳米掺在一起浸泡，磨粉，上甑大火蒸熟，倒在模子里压实，便是年糕。年糕寓意"年年高"，是过年不可或缺的。年糕真实的好处是耐饿省下饭菜。只是做年糕麻烦，需要好多帮手，和平自然也要出力气。

和平很不愿做这件事：推磨很累，又枯燥无味。他的心思野在外头。

屋前不远处是湖,湖畔有块丘地,地上长了成片的樟树。树上有成群结队的麻雀、白头翁叽叽喳喳。和平自制了一把弹弓,时不时钻进树林。林边沙滩还栖落着一种鸟——乌鸦。迷信说,乌鸦在头上叫不吉利,是凶鸟。

和平喜欢打乌鸦,他溜出去几次,但都被喊了回来。娘说:"你真不懂事,再偷懒,别想买新鞋。"和平这才老实了。脚上的鞋露出脚趾,帮也破了,早想买双新的。但是爹不给钱,娘做了双千层底,土不拉儿,他不肯穿,就指望过年买双解放鞋。

太平被爹拧着耳朵揪回家,还挨了一个闷响的爆栗。太平是三儿,人小不用做家务,他挨打是因为坐在地上玩泥巴把裤子磨破了。

"兔崽子,没一个爱惜衣裳。"爹骂儿子总是一块儿骂。

和平无故受牵连,冲弟弟扮鬼脸。太平摸摸头上的包,隐隐作痛,见哥哥幸灾乐祸,有气没处撒,就把膝盖上的破洞撕大了一些。

这裤子原本是哥哥的。太平内外穿的是旧衣裳,容易破,为此经常挨打,冤枉!太平觉得委曲,抬腿一脚,把屋檐下的鸡笼踢翻了。

这下又闯祸了。

笼子罩着两只鸡,一只预备正月请客,一只是过年的大菜。没有笼子约束,鸡扑扑地往外蹿,瞬间冲出了院子。

太平吓得脸煞白,呆若木鸡。

娘在堂屋发现,脱口说:"发了财!"抓起扫帚往外追。爹又给了太平一个爆栗,随即也追了出去。太平头上火辣辣的,回过神,看爹跑动的姿势,未老先衰。下次挨打前,跑远些,爹肯定追不到。

爹抓鸡回来,又要出门,戴上手表,怎么不走针?贴近耳朵听,没有嘀嗒声,是发条断了,刚才摘下来做事,明明是好的。

"兔崽子!"爹凶巴巴地扫一眼屋里,不见儿子的踪影,就对厨房里孩子他娘嚷:"兔崽子把我手表弄坏了。"

娘心里一震,天!谁又要遭殃?

她立刻停住手中的活,站在通往厨房的过道,挡住寻儿子的爹,故作轻松地说:"这块便宜货,不防水,不防震,买块新表过年。"

"哪里还有闲钱?"爹白了娘一眼,问,"兔崽子在厨房?"

爹发出第一声,太平就从后门跑了出去。其实这次不是他,是哥哥。和平正在厨房洗筲箕,乖着呢。

和平的神色暴露了一切。爹把娘推开,举起拳头,就要冲到和平的身边。娘的动作更快,抢先一步赶上前。

"打、打一顿!"娘的巴掌打在和平的屁股上,嘴里一边说,"不听话的败家子,打一顿好过年。"

娘下手的时候,身子却护住了儿子。

香菇、木耳买了些,贮存在米缸里。还有一些年货没办齐,爹有点急,频繁地奔波集市、副食品店。家里计划腌制些咸肉,爹排了几次队没买到,回家脸色铁青,坐在门口的板凳上骂人:"他妈的,全被开后门的买走了。"

昨天纷纷扬扬下了一场雪,今天天气特别冷,寻食的乌鸦在屋顶飞来飞去,呀呀的叫声闹心、可恶。趁爹娘不在家,和平带着太平去了树林。

和平知道乌鸦停栖的地方,弹弓的技法也不错,一去就射中一只,可惜不致命,受伤的乌鸦歪歪斜斜飞向湖边。兄弟俩欢快地追过去,乌鸦钻进枯萎的乱草中,不见了。和平又分明看见湖面近处有条鱼,半米长,大鱼!也似受了伤,肚皮翻白,尾巴还在动,原处打转。

这是送上门的年货!

和平默念:鱼头鱼尾用萝卜丝煮,可以煮一大锅,中段用盐腌,年后可以吃好几天。更重要的是,不用花钱买,说不准可以讨爹欢心。

和平把自己想乐了,不假思索准备捞鱼。

折一根树枝不够长,岸边结了冰,他小心翼翼踩在冰面上。一步、二步、三步,咔嚓!和平掉进了湖里。水刺骨的凉,和平接连打了几个冷战,大鱼近在咫尺,衣服反正湿透了,他作兴游了过去。

和平抓到鱼,鱼竟然挣扎,尾巴打得水花四溅。

太平开始还快乐地拍巴掌,眼见哥哥越来越吃力,怎么努力也游不回来,才惊呼:"哥哥——哥哥——"

太平跑回去喊来人,岸上北风习习,湖面只有一道道涟漪。

过大年

这天,太平比平时醒得早,起床就要穿新衣裳。娘说:"明天初一才穿新衣裳呢!"太平坚决要穿,娘就依了。她担心儿子不高兴,又会做出出格的事,年三十有许多的禁忌。太平不懂事,昨天杀鸡,他在旁边高兴地喊:"杀死了!杀死了!"把爹气得——依爹平时的脾气,他头上肯定要吃一个爆栗。娘教他多少遍,杀鸡宰鸭不能说"死了",要说"发了财",太平没记牢。

娘起得早,生罢炉火,煮好一锅面,便准备扫墓的祭品。这几天大扫除、办年货,大家都累,娘想让爹多睡一会儿,把想到的事先做了,免得爹在屁股后面催,难受。谁知爹后脚也起了床,没有洗漱,火急火燎地去了菜市场。

爹想多预备些菜,平时再节俭,大过年的不能省,是面子,更是图个年年有余的吉兆。

三十日里三十件事,谁也不能偷懒。和平被冷水浸泡了一次,感冒还没有痊愈。好在哥哥建平回了家,姐姐也放了假。爹站在灶前三下五除二吃完一碗面,不等其他人吃好,就分派任务。

"妮去井边占个位置,老二帮姐打水洗菜,把缸里的水挑满,老大跟我去给爷爷上坟,快去快回。"

娘说:"你忙你的,家里我安排。"

爹去菜市场的时候,娘就叫和平搬木盆去井边,和平磨磨蹭蹭,后来是建平搬的。到底在部队受了教育,建平这次回家,什么事都抢着做。和平不听话,叫他剃头过年也不听,娘不愿当着爹的面说他。

一块肉、一条小鱼、一个鸡蛋当"三牲",这是扫墓必备的。娘把"三牲"摆在盘子里,盛碗米饭,一同装入长形的竹篮。篮子里还放了一对小蜡烛、几炷香、一挂爆竹、几沓纸钱。建平提着篮子，爹扛把铁铲，俩人走出门。娘猛然发现儿子一身戎装，连忙叫住建平，轻轻地说："现在'破除迷信'，换件家里的衣服。"

"上坟不是迷信，谁不要祖宗？"爹不耐烦地说。

水井周围挤满了人，脚下到处是洗菜的盆。和平在井口打水，差一点儿同邻居打了起来。姐姐劝，和平吵得更起劲，姐说："我告诉爹。"和平才不作声。他也是急，今天要和姐姐把年前年后的菜都洗净，菜又是难洗的菜——菠菜、芹菜、大蒜、青菜和木耳。和平同邻居吵完架，娘拿来一条鲜活的红鲤鱼。这是过年用的鱼，不能断头去尾，鳃也不能掏，娘担心小孩不会弄，便亲自处理。太平在旁边好奇地问："鱼发了财，肠子怎么可以不要呀？"

娘柔柔地说："崽呀，你去别处玩！"

爹让建平给爷爷奶奶的坟头添几铲土，算是给爷爷奶奶盖一床被。然后点香火，贡"三牲"，烧纸钱，爆竹炸尽，爹领建平磕了三个响头，就匆匆返回家。

路上行人渐少，爆竹声不绝于耳。

这里是鄱阳湖畔的一个小镇，过年的习俗与他处不尽相同。有半夜做年饭的，天没亮就开门打爆竹过年，说是

"赶早"。吃年饭什么时辰的都有，不过大部分人家还是放在傍晚。

中午饭最简单，剩菜剩饭剩面条。平时面条吃得少，太平争着吃，和平随便扒一口饭，预备晚上吃好的。

建平带着和平贴对联，花了不少工夫。这是一幢柱木瓦房，进大门是堂前，堂前两边各有两间厢房；上堂两侧又有两扇小门，通往堂背后面的厨房，厨房有后门。凡是门，都得贴对联。贴了对联，贴红纸条。家具上、用具上、看得见的物器都贴。有的红纸条还写了字，灶上"灶王府君"，猪圈"六畜兴旺"，堂前地脚处"中堂土地"。还有一幅"开门大吉"，初一早上贴大门上。

年画也是不可缺少的。厢房壁板上，一边贴了《红灯记》几组剧照，另一边是《智取威武山》。上堂毛主席画像、大门上的对联是民政局赠送的。爹最喜欢横联"光荣人家"，遗憾民政局不送"门神"。门神请（买）不到，当"四旧"除了，贴门神的位子就贴"雷锋开汽车"和"欧阳海挡战马"的画报。

屋檐挂上大红的灯笼，年味就出来了。

厨房里，姐姐烧柴火，风箱嘀嗒嘀嗒，很有节奏。娘捞米蒸了大甑的饭，煤炉上煮着大锅的肉，木炭火上还焖着鸡，香味满屋飘。

外面噼里啪啦的爆竹声一阵紧似一阵，爹有点急，还有点紧张。

他又进厨房问："什么时候可以弄好？"

娘答："都准备好了，随时可以炒菜。"

爹说："我问什么时候打爆竹、献年饭？"

娘答："马上！"

堂前条案上，毛主席画像下面摆了爷爷奶奶的瓷板像，两边插好了一对红蜡烛。还有其他祭祖的道具，爹检查了一遍，齐全！便坐在八仙桌旁边歇口气，掏出"大前门"香烟，悠然地吸起来。这香烟是好烟，准女婿送来的，爹突然想到，明年女儿要在别人家过年了。

"好了！"娘伸出头跟爹说。

"好！"爹把没吸完的烟踩灭，喊儿子："全站过来！"

爹去厨房净了手，端出冒热气的整只鸡、大块肉和红鲤鱼，整齐地摆在八仙桌上，倒三盅酒、三杯茶，添碗热饭，放两双筷子，点燃蜡烛。爹亲自敬香，三个儿子一字排列后头，朝爷爷奶奶的画像拜了拜，请祖宗过年。甑盖打开，热气腾腾的米饭上插一把筷子，方便路过的神仙用餐。

"放鞭炮！"爹发号施令。

建平用长竹竿撑起鞭炮，和平用火柴点着引线，一阵炸响，地上满地生花，空中烟雾弥漫。爹向爷爷奶奶的画像鞠躬，回头站在大门中央，对着门外作揖，口里念念有词，那是迎神送鬼！

经久不散的烟雾真似有腾云驾雾的鬼神。

仪式结束了，吃团圆饭。

桌上摆满了菜，大鸡大肉，有荤有素。红鲤鱼不能动，正月里请客还要摆上桌，其他菜可以随意吃。大家盼的就是这一天，太平狼吞虎咽，不亦乐乎，实在有点撑，松了松裤腰带。

一缕青烟从桌底冒上来，还有一股烧焦味。"三十的火，十五的灯。"娘在桌底下放了一盆木炭火，火把太平的新裤烧了一个洞。

不知是烟熏，还是心痛新裤子，太平眼眶有泪滚动，但是不敢哭出声。他用衣袖擦了擦眼睛，放下手，竟把桌沿上的蓝边碗碰落在地。

"哐当！"

全家人惊呆了，个个僵住拿筷子的手。

屋里静谧无声。

娘注视爹，说："打——发！打发！"

爹摇摇头，又点点头说："碎碎（岁岁）平安！"

拜年

童 年

"大雪纷飞,萝卜炒鸡。"这童谣不是念出来的,而是站在屋檐下号。

小时候盼过年,盼一场大雪。每当下大雪,哥哥便在院子里堆起一头雪白壮硕的肥猪。我们惦记的永远是大鸡大肉,当然,还有新衣服。

另有一件事要同哥哥争,就是给叔叔拜年,独吞一元或五角的压岁钱。那时穷,为减轻负担,亲戚间相互拜年都是派一个代表。

我有两位亲叔叔。

虽然叔叔家离我们家很近,但我们平时走动并不多。父辈分家早,各自顾着谋生活,只有过节或者办喜事才会走亲戚。

我们这一代不同了,大哥婚后仍住家里。父母搬出东屋，腾给大哥当新房。我们还是吃一锅饭，只是添一双嫂嫂的筷子。

姐姐妹妹迟早是嫁出去的。

老家的习俗：初一儿子拜年，初二女婿拜年，初三外甥拜年。儿子同父母住在一个屋檐下，早上起来碰面，与往日别无两样。初一真正拜年的是侄儿，侄"儿"侄"儿"嘛。

正月初一总是姗姗来迟，一早爬起来，床头有姆妈准备好的新衣裳。姆妈在厨房生火做打卤面，父亲在门口铲雪扫爆竹屑。新年头一回扫地，父亲是从院子门外往里扫，垃圾堆积在院墙角落，"财水不外流"，过罢元宵才会撮出去。

父亲讲究，规矩多，"站要有站相，坐要有坐相"。这是他平日对我们的要求，眼睛动辄瞪得又圆又大，我们都怕他，唯有逢年过节稍无忌惮。

吃了打卤面，我缠着姆妈安排给叔叔拜年的礼物。姆妈笑笑，用竹篮装好四样东西：一刀肉、一包萨其马、一斤白砂糖和八节甘蔗。父亲坐在八仙桌旁边，吸着纸烟，冒出一句："急什么？等老二家老三家来了人你再去！"

后来我明白，父亲在乎长幼有序，他是老大。

成　年

我有两个哥哥。大哥大我一轮，结婚早，他小孩又比我小一轮。

哥嫂要上班，白天侄儿由我姆妈照顾，我也搭把手。放学回来抱他出去玩，教他数数，教他"锄禾日当午"，有时也喂饭，帮他擦屁股。

侄儿一天天长大，哥嫂宠他，姆妈依他，独我严厉。侄儿顽皮，我数一二三，他得停止一切活动，地上画个圈，他站在里面不敢出来。

姆妈责备我："你自己都没学好，管侄子起劲？"

我理直气壮，那是为他好。

记得有一次，我一张书签不见了，那是四张一套的彩色图片，曾在侄儿面前显摆过，他知道我藏在哪个抽屉。我把侄儿抓来审问："你偷了我的书签？"侄儿一副无辜的样子："我没偷东西！"

我最恨小孩说谎话，巴掌拍在他的屁股上："老实说，偷了没偷？"

"没偷！"他嘴硬。

我打一下问一句，一直打到他招认了。

"把东西拿出来吧！"我说。

"忘记放哪儿了。"侄儿号啕大哭。

那次下手很重,侄儿屁股挺惨的。

过后,我发现书签夹在自己的一本书里,竟是冤枉了他。

侄儿不记仇,仍跟我一起玩。倒是我心存愧疚,此后格外关照他,好吃好玩的都同他分享。而他的心里,应该有烙印吧?他弟弟、二哥小孩调皮的时候,他会告诫他们:"你们不乖,细细(叔叔)回来会打屁股。"

那时大侄上了小学,我去外地工作,回家便很少了。

家总是要回的,特别是过年。

大年三十吃团圆饭,我们家有个保留节目——大人依次给小孩压岁钱。侄辈们有点怯我,哥嫂教唆,他们才在我面前叽叽喳喳:"细细发财,明年细细讨个好老婆。"

我每人发了一个大红包。

中 年

家里对我婚事催得紧,我努力谈恋爱,但还是晚婚。

父母老了。

姆妈劳碌命,辛苦了一辈子。她弥留之际,抓住我的手说:"崽啊崽啊!我等不到帮你带小孩了。"

我泪流满面。

父母相继离世，我们这个大家庭也散了。

二哥造了楼房，自立门户。老屋有我的房间，我也不住，偶尔回去做客，住宾馆。兄弟有什么事，打电话。大哥说："父母坟头长满了草，又得添土了。"

感谢父母荫庇，我们的后辈个个有出息。大侄出国留学，最小的侄女也读了大学，我的儿子读高中，成绩也不错。

大侄回国创业，事业有成。他到底没忘记我这个细细，经常打电话嘘寒问暖，每年回老家过春节，正月初一一定驱车来我家，有时带上爱人，有时同他弟弟或二哥的小孩结伴，车的后备箱塞得满满的。

倒不是在乎他们拿来多少东西，我欣慰侄儿懂礼数，在他们身上看到我们家族的传承。

我的儿子却叛逆。他步入社会，我提醒他同伯伯打电话，他说找不到话题，去年安排他去老家拜年，他说找不到方向。

唉！儿子是独子，从小娇惯了他。

年纪渐大，常回忆从前，回忆老家，回忆老家的人。

我突然想起，侄儿很久没有来电话了，去年他没有来拜年，今年会不会再来呢？

春条

周天庆正月十五出生，过罢元宵七十三。到底年纪大了，睡眠少，清早他到河边溜达了一圈，返回家，天才蒙蒙亮。他拿把竹扫帚，把门前的鞭炮纸屑扫成堆，忽然想到了重要的事，放下扫帚冲屋里喊："有、有谁起来了没有？"

老伴在堂前擦桌子，听到老头子鬼叫，移步大门口，轻轻地喝住："一早发什么神经？让他们多睡一会儿！"

周天庆便不作声，抬头，盯住贴在门楣上的春条发愣。有穿堂风掠过，春条轻轻地摆动。

春条颇有点讲究，它贴在横批下方，五张长方形的红色镂空剪纸，等距排列。春条又称天庆，周天庆的名字就是由此而来。春条还有个通俗的名称，叫门前纸，元宵过后要撕下来的。这是以前的规矩，现在知道的人不多了。

前些年，周天庆都是自己搬梯子，爬上去撕下门前纸，近年只能有求他人。——不是求，是发号施令。

老头子在家说一不二，唯有老伴会顶撞两句。

他们有俩儿,都对周天庆的话唯命是从。谢天谢地,两个儿子非常有出息,都在省城,老大建了厂,老二办了公司。

省城距家两百公里,路途不远不近。周天庆规定,平时儿子可以少回家,但三节两寿必须回。三节两寿即端午节、中秋节、春节和父母的生辰。儿子基本做到了,现在有这个条件。

两兄弟是赶回来过年的,吃团圆饭前,先去了爷爷奶奶的坟头上祭祀。新年头三天,两兄弟结伴给每位亲戚拜年。初五,老二又走了。老大的工厂没有开工,留了下来。老家朋友多,隔三岔五有应酬。周天庆倒是没生气,但他不准儿子睡懒觉,有空就带媳妇帮帮厨房的忙。

正月十四,老二又折返了,一辆奔驰商务车,塞得满满的。年轻人真是作,回家住两天,孙子的洗澡盆也要带来带去。不是碍于儿媳的面子,周天庆又要责备,养儿粗茶淡饭就行,不要惯坏了他的孙子。

大儿子同父亲商量,元宵节去饭店订个包厢。周天庆不同意:"过节跑到外面吃干啥,破费还不热闹。"

年三十的火,十五夜的灯。

元宵这一天,家门口悬挂一对跑马灯,楼上楼下的电灯全部点亮了。晚饭是妯娌俩洗洗弄弄,挺丰盛。酒桌上无大小,父子也划拳:"哥俩好!"

十五也是周天庆的生日，儿子把孙辈喊拢来一起敬酒。爷爷高兴，让孙辈轮流说句吉祥话，不要重复。长孙说："祝爷爷福如东海，寿比南山！"孙女说："祝爷爷身体健康，长命百岁！"轮到小孙子，停顿了下来，他想了一会儿高声说："祝爷爷早生贵子。"

"哈哈哈……"屋里爆出热烈的笑声，周天庆也抿嘴笑，一家人其乐融融。

外面也非常热闹了，"咚咚隆咚锵！"一阵阵锣鼓声传进来，那是街上舞龙灯表演。有邻家小孩举着小灯笼，羞羞答答来到家门口喝彩："打灯笼，进华堂，华堂门前贴对子，对子里头出状元，状元撞一家，生个儿子中探花……"

周天庆准备了很多零钱，抽出两张一元钞票，让老大送过去："赶快打发！"

孙子缠住爷爷的腿，也要打灯笼。周天庆年年都会动手用细竹扎骨架，糊上彩纸，制成兔子或小鱼形状的小灯笼搁在卧室的衣橱顶上。他让老二拿出来，点上蜡烛，孙儿孙女举着灯笼欢欢喜喜出去了。

周天庆守在家门口打赏钱，小孩一阵风似的来了一拨又一拨，渐渐少了。他把零钱交给老大。"再有人来，你打发一下，我要睡觉了。"周天庆走到卧室门口，回头又说："差不多时，你们也早点休息，明天赶早走。"

老大说:"我想在家再住两天。"

周天庆说:"不行,你们明天就走!"

老大没有再搭腔。

一夜无话。

早晨,周天庆被老伴喝住,心里不舒坦,想想还是自己搬梯子。老大一边穿衣服,一边赶了过来,连忙说:"我来我来。"老二也下了楼,帮着扶楼梯。

周天庆站在旁边,一脸严峻,嘴里重复着往年的陈词:"撕下门前纸,各自谋生活。"

老伴插话:"你怎么这么古板呢?"

周天庆说:"这不是古板,是规矩。不守规矩,儿子哪有今天?"

老大跳下楼梯,拍拍手,笑着说:"好!我们吃了早饭都走。"

打彩

我的老家有个习俗:端午节宴请亲友,摆的是流水桌。

所谓流水桌,就是来一拨人上桌菜,来一拨人上桌菜,开席无定规,菜肴是一模一样的。宾客用过的碗筷,主人决不肯立刻清洗,皆堆积在门前的木盆里。谁家用过的碗盘摞得高,证明亲朋好友多,是面子,也是荣耀。

亲友酒足饭饱,观龙舟,打扑克,悉听尊便。

我好些年头没有回去了。

父亲生前带我回过几次。父亲从小随爷爷在城里安了家,老家还有父亲的一位堂弟。按理说,我应该称父亲的堂弟叫叔叔,"做我女儿吧?"叔叔似真似假。他有两个儿子,没有女儿。婶婶打趣,他们百年之后,女儿打发"八仙王"的垫肩布就指望我了。叔婶说的是久远的事,我只当是玩笑话。

那时我还小,我们两家来往密切。叔叔上街常来我家落下脚,带点辣椒或鸡蛋。我家也会送他些火柴、肥皂。

叔叔家有喜事，一定请父亲到场，奉为上宾。

父亲英年早逝，叔叔同我们一样悲伤，葬礼上几次哽咽落泪。他全家人都来了，忙前忙后，抬棺柩的"八仙王"也是叔叔带来的，丧事由他一手操办。之后，叔叔来得少了，自从我有了继父，叔叔好像再没来过。

我出嫁时，也忘记了通知他。这么些年，忙工作，忙家庭，我几乎忘记了这位乡下的叔叔。今年端午节，一早接到一个电话，苍老的声音直呼我小名。我辨不出声音，叔叔自报家门，开口就邀我去他家看龙船，并说有车来接我。

这颇为意外，也有一点点为难。

我知道老家有个习俗，出嫁女回去看龙舟是要打彩的。怎么说，我也算村里出来的姑娘。打彩是给自家上船的兄弟披红绸，还得打爆竹、买烟送红包，慰劳全船的人。不花上两千块，面子上过不去。

同爱人商量，爱人倒也大方："饿肚也要争饱气！"

我们准备去银行取钱办礼品，叔叔两个儿子竟然上门了。两兄弟轮廓没有变化，进门就姐姐姐夫叫得山响。他们是专程来接人，茶也不喝，火急火燎拉我们上了面包车。

我说："东西还没准备好呢？"

大弟说："老爸有交代，人去就行，什么都不用准备。"

上了车，我嗔怪他们："知道我的地址，平时也不见你们来家坐坐?"大弟说:"老爸腿脚不便,前几年我们在外打工,回来刚两年,合伙办了加工厂,都忙。这不,刚打听到你的地址,今天就来了。"大弟按了一下喇叭,接着说:"现在村里日子好了,打了三条龙船,要热闹一下。我们也要划船,特意早点接你们。"

我心里立马打起鼓,好像龙舟竞渡时的"咚咚锵"。

二十公里的县道,个把钟头就到了。小弟先下车,跑回家拿出一挂鞭炮,噼里啪啦一阵响,烟雾还没散尽,我看见叔婶驻足门旁。叔叔有点佝偻,凝重地点着头;婶婶手拿一把勺,满脸的笑已见皱纹。他们明显有了老态。

房子不是以前的老屋,是翻新的楼房。路过的邻里问:"谁来了?"

"街上的亲戚!"婶婶高声地回答。

"啥亲戚?"

"女儿呗!"

婶婶一只手牵住我的手,引我进了屋。屋里还有不认识的人,大家让开了座,弟弟一边递烟倒茶,叔叔陪我们坐了下来。他目不转睛地看着我,嘴里不停地道:"来了就好!来了就好!吃了饭,让弟媳带你们去看龙船。"

我又想到打彩的事,便讷讷地说:"可我,可我还没有准备打彩的礼。"

"准备好了,准备好了,我帮你们准备好了!"

"这怎么行?该我出的我出!"

"知道你们不容易——我们自己人还计较什么喽!"

叔叔的话让我有些汗颜。我说:"真不好意思!你看,你是长辈,我都是空手来的。"

"人来了就好。我们不是东西亲,是人亲!"叔叔一板一眼地说,双眼突然泛红,竟先流出两滴老泪来。

吊清明

老娘也要吊清明,子女没想到。记得四年前吧,她说爬不动山,便再没上过老头子的坟。

约好下午2点在老屋会合,老大还没来。老三有点躁动:"他怎么总这样,是不是酒桌上又下不来?"老二到了,细妹也到了,不多不少,每家来了一个代表。

不知谁说,他是老大,等等吧。大家就坐了下来。虽然同在一座城,他们见面次数也有限。兄弟聊聊天,玩手机,说房价，也挺好。今天天气奇热，地面有点返潮，坐在通厨房的过道，穿堂风吹得舒坦。堂前依然是老样子，家具还是那张八仙桌、几条旧板凳。条案上永远是那架不走针的座钟、一只花瓶；老头子的瓷板像摆正中，一尘不染。

老娘歇不下来，她一遍一遍检查上坟的祭品。"三牲"不能少，米饭不能缺，酒盅、筷子必须备齐。老娘原本打算，中午大家过来吃饭，吃了饭再一起扫墓。都说有事忙，她明白子女是不愿吃她弄的菜。过年吃团圆饭，孙子就公开叫嚷奶奶烧的菜越来越难吃。不来就不来吧，正好有时间帮老头子多弄几道菜，她记得老头子特别喜欢吃她做的红烧肉。

老大总算来了，是打电话进来的，说在巷子口等。过完年就没落过家，到了家门口也不进来？老娘一边嘀咕，一边让儿女先出门，上好锁，随后走出去。

外面的太阳真烈。

老大领大家先去杂货店买花买爆竹、买草纸买冥币。算好钱，大家二一添作五，这香火钱必须平摊。墓地说远不远，老大驾车，一会儿就到达山脚下。

冢场人头攒动，烟雾弥漫。

老头子的坟茔在半山腰，老三和细妹搀扶老娘往上爬，走两步，歇一歇。老大嗔怪老娘："在家舒舒服服，何苦跟来嘛！"提着祭品，带领老二径直上山。

老娘气喘吁吁来到坟前，老大已经把祭品摆妥，点了蜡烛，倒了酒，坟头压了一叠草纸。坟前烧的纸钱也准备就绪，一扎一扎地堆满地，冥界又要出个大富豪。

老大点了一炷香，朝墓碑虔诚地跪了下来。他双手合掌，口里念念有词："老爷子保佑全家身体健康！保佑我们发大财！发了财，我就多给你送纸钱。"说完拜了三拜，香插在香炉上，又是三作揖。老二、老三、细妹依样画葫芦。接下来是烧纸钱。

老娘说："前后左右的坟头也敬根香吧！"

细妹问："为啥？"

老娘说："邻里关系搞好了，老头子有个照应。"

老大不情愿地在周围坟头插上一根香。

老娘又说："找块空地也点根香，烧点纸。"

细妹问："那又是为啥？"

老娘说："游魂野鬼可怜，也给他们烧点零花钱。"

老大说："就你名堂多。"

老大一边说，一边示意老二、老三赶快烧纸钱。自己擎起细妹的小阳伞，站在三尺外，悠然地点起一根烟。老娘也退在一旁，目不转睛地盯着坟头，纸钱正燃得猛烈。

纸钱烧尽，该收场了。老娘说："我也跟老头子唠两句吧。"她走向前,手扶墓碑说:"老头子啊,我最后一次来看你。你在那边过得好不好?我常跟你的照片聊天,也不知你听到没有?听到就托个梦给我,我也不中用了,过不了多久又要同你去搭伙。"

说着说着,老娘眼角溢出了两滴泪。她用袖口擦了擦,接着说:"孩子们都不错,经常会给你送点钱,你该用的用,该花的花,不要省。孩子们对我也不错,就是个个都很忙,你可要保佑他们顺顺利利……"

"好了好了,回去吧!"老大打断老娘的话。还有最后一道仪式,放完鞭炮就了事。他拉着老娘离开墓地,老娘一步三回头,没走两步,爆竹已经炸响。

噼里啪啦……

小年说事

田蕴鑫的算盘打得精:名下百亩田,仅雇三位长工。他有五个儿子,老大、老二圆了房,还有三位童养媳,加上长工同锅吃饭。偌大一个家，后厨也不请女佣，全由内人和童养媳负责洗洗弄弄。

去年，固定的长工仅两人。今年，田蕴鑫年纪大了，跟着一块儿锄禾拔草，腰酸背痛，开年才又雇了一位。

新雇的长工是老长工徐永康带来的，是他的亲侄子，名叫二宝，十七岁的小伙子。

徐二宝读过两年私塾，因为家里穷，没有读下去，又没有学其他手艺，糊口是个问题。旧年徐永康在东家过小年的时候，田蕴鑫托他来年物色一位长工。他觉得东家待遇还行，心里藏私，想到了自己的侄子，新春元宵第二天上工就带来了。

听说二宝识字，田蕴鑫破例给他配了一盏灯。灯是铸铁的老灯盏，形状似锅，小孩巴掌大小，凹窝盛青油，浸根灯芯草，点着后灯芯会烧灭，所以时不时要用竹签把灯芯挑出油面，正所谓的"挑灯"。

灯光虽然暗淡，晕圈一二尺，这可是以前房间不备的。点灯耗油，田蕴鑫舍不得。徐永康原先两个人，不管白天是否劳累，晚饭后没事，习惯早早洗洗上床休息。半夜小解，门背后有尿桶，熟门熟路，摸得准方位。

二宝来了，同他们一间房。他们住在栈房里，正屋的西边，几步路。栈房不小，囤谷放农具的地方，特意隔出一间房住长工。

田蕴鑫对二宝说:"你要看书,跟我儿子说一声,自己去书房拿。"

二宝不太好意思,先借了一本《警世通言》。

白天没法儿看书,田头事情多。二宝跟着徐永康学种田,播种插秧,作埂蓄水,除草施肥,节气是关键。农闲的日子,东家也会安排事情,劈柴、舂米、捡屋漏。徐永康告诫侄子:"你还年轻,做事不要偷懒,要让东家欢喜。"

二宝做事还真不惜力气,舂米是体力活,他一人承担下来,舞动木杵,汗流浃背。

田蕴鑫含笑踱着方步近前来,围着二宝转了一圈,本想夸一句,但看见石臼四周的地面谷米四溅,脸色立变。但他还是不急不缓地交代:"等一下把地上的米扫干净,没沙子的人吃,有沙子的给厨房煮猪食。"

"哦!"二宝不知道东家已然不高兴。

二宝干体力活,又在长身体,饭量特别大,田蕴鑫倒不是很计较。掉在桌上的饭,二宝不拾回碗里,趁人不注意弹落地下,踩上一脚,这让田蕴鑫很不舒服。老话说:糟蹋粮食会遭天谴。

徐永康也发现一个问题,提醒二宝好几次:饭桌中间的菜,比如米粉肉或鱼块,一餐只能夹一次,主人也是如此。女人过后上桌,还要吃剩菜剩饭呢。二宝记不住,总是不自觉地重复下筷子。

更有甚者,只要有好菜下饭。二宝嘴里发出的响声特别大,吧唧吧唧,猪吃食似的贼难听。

有日吃罢晚饭,二宝他们回了栈房。田蕴鑫的大儿子忍不住开了口:"辞了二宝吧?"老二更坚决:"辞!"父亲当即喝住:"不懂规矩,哪有中途辞退人的?"

以前,大户人家请长工,开始便说好了雇用时间,议好了工钱,虽是口头契约,雇佣关系,但大家都讲信誉。

这种事一般都是过小年的时候议定的。

腊月二十四似乎是专门慰劳长工的日子,一年到头辛辛苦苦,东家在这一天设宴招待一餐好吃的。吃了小年饭,长工就可以回家准备过年了。

小年的来由还有另一种说法,暂不赘述。

且说二宝,有使不完的力气,而他做事总是毛手毛脚,经常走神,有时还有点恍惚,嘴里会突然冒出一句:"李生真傻!"

二宝借来的《警世通言》搁在床头一年了,翻来覆去只读《杜十娘怒沉百宝箱》一文,他为杜十娘惋惜,不能自拔。

日子不紧不慢地滚动,转眼到了腊月二十四——南方的小年。田蕴鑫照例添了几道好菜,上了烧酒,客客气气

地敬了三位长工。饭毕，结了三人的工钱，又格外送给徐永康叔侄每人半袋米。

徐永康明白，田蕴鑫"打发"半袋米，来年自己和二宝就要另寻东家了。

同年爷

打小，我听父亲喊他"细细"，父亲还要我叫他"同年爷"。细细是家乡的土话，是叔叔的意思。后来我清楚，他跟我家并不沾亲，只是和我爷爷同庚。我们都住南门，相距不远，我家在一条巷子里，他家临街。

同年爷是手艺人，篾匠。说他是篾匠又不太准确，他不会编竹席、竹筛、笤箕等细活。我们这里出山竹，竹制品包罗万象，篾匠是笼统的叫法。有更具体的，比如斗笠师傅、蒸笼师傅、竹床师傅……人家称同年爷为笼帚师傅。

笼帚是以前重要的生活用具，用来刷锅洗甑、洗衣服刷马桶。同年爷扎笼帚，也削筷子，做畚箕簸箕、竹凳扁担。他家既当作坊，卸下门板，挂出成品，又是门店。

门店的生意一直就那个样子，他独自过活，生计不是问题。"千匠万匠不做篾匠，蹲在地上像只狗样。"许是真的入错了行当，同年爷一辈子单身。

其实，他另有本事，懂许多稀奇古怪的偏方，善治杂症。

南门有位名气很大的彭大夫，中医世家。一日突然闯进一位妇女，伸出左手，小指头用布条包扎。进门就喊："救命救命！壁蛇里咬了。"彭大夫抬起头，不加思索地说："壁虎咬的？快去找笔帚师傅！"

同年爷在门店破竹子，妇女一头栽进来，嘴里喊："救命救命！壁蛇里咬了。"同年爷放下手中的活，看了看她的手指，端把竹椅让她坐下来，"莫动！"随即走向后屋，捉来一只蜘蛛，交代妇女："闭上眼睛！"

蜘蛛放在妇女的手指上，竟然不逃，触肢兴奋地找到伤口，拼命吮吸。眼看小指头慢慢消肿，蜘蛛的腹部鼓了起来，最终趴着不动。同年爷说："没事了，等下敷点药，你把蜘蛛先埋好！"

我亲眼见过同年爷治疗红眼病，过程同样神奇。

那天我家蒸了米粉肉，父亲让我去喊同年爷。我家经常请他吃饭，特别是过节的时候。

我走进同年爷的门店，他正带患者去堂背，用清水在壁板上画了似龟的图案，再用草纸捻成绳，蘸香油点燃，在图案前晃圈，口里念念有词。患者盯住图案，一直到图案消失。"行了，明天再来一次。"同年爷说。

最让人称道的是，同年爷会治疯狗病。每年油菜花开的季节，狗伤人的事件时有发生。伤者自己跛来，也有抬上门的，同年爷一律诊视来者脑门上的发根。"不是疯狗咬的，没事！"他说没事就没事，否则，他会亲自喂下他秘制的汤药。

可怜用绳捆绑过来的伤者，怒目切齿，嘴里哇哇叫，有时还会发出"汪汪"的声音。那是狂犬病发作，同年爷也无能为力。

对于同年爷的奇门医术，父亲垂涎已久。我从小体弱，父亲希望我学个轻松的吃饭本事。他跟同年爷提过多次："把你的本事传给我家老二，我让他给你养老送终。"

"不行的，我发过毒誓，济世不求财、不传外人。"

这应该不是绝对的，他就传过一个秘方给我。一次我的小舌头肿大，咽不下食物，母亲用筷子蘸炒熟的食盐消炎，碰巧同年爷送鸡蛋过来。他看病不收钱，有人赠送土产，有时同年爷分点给我家。

"不舒服怎不跟我说？"他责怪我的母亲。

"倒了小舌头你也会治？"母亲笑笑。

真不知道，他到底有多少本事？

同年爷转而对我说："你愿意学不？我带你采种草药，可以根治。"

母亲连忙说："愿意愿意！"

同年爷带我去东山岭，半山腰一块潮湿的洼地，地上有似车前草、又比车前草叶厚翠绿的植物。同年爷说："这草独独长在这里，最简单的辨认方法，就是摘片叶子嚼一下，特别苦。"

他对我说："放米酒一起煮，喝三次断根。千万别告诉别人！"

植物采回家，母亲如法炮制，那汤药我至今记忆深刻，奇苦无比。而我的小舌头再未出现过状况。

20世纪80年代，我到外地工作，同年爷的事情便知之甚少。

父亲很惋惜地提过一次，医院引进了狂犬病疫苗，同年爷不那么吃香了。后来他进了敬老院。

去敬老院前，同年爷做了一件事：把一本发黄的手抄本传给了彭大夫的孙子。条件是要他发个誓：所有方子，只许济人，不可漫天要价。

家父

父亲一直盼我长出息,我提拔当了科长,忍不住跟他通电话。父亲竟然不冷不热,还授意:"明天请个假,回家来一趟吧!"

他的话我不敢不听。打小,我就有点怵他,况且,我都快一年没有回家了。

父亲年近古稀,身体不是太好。慈母仙逝之后,他孤身在家,按理我应该多回去看看。

母亲在时,家是常回的。母亲没有一句重话,在她面前,我无拘无束。父亲则不然,规矩特多,坐要有坐相,站要有站相。稍有不慎,他眼睛就瞪得又圆又大,这大概是我现在很少回家的缘由吧?

其实家离我就职处不远,三个钟头的火车,直达。

远远地看到父亲守候在院子门口,正翘首相望。走近,父亲好似要迎过来,又不曾挪步,原地似笑非笑。

"回来了?"他淡淡地问。

"回来了。"我讷讷地答。

"瘦了些。"父亲在审视我。我摸摸自己的脸:"没吧?"之后,进屋,洗脸,我们都无话。

"饭是热的,书桌抽屉里有烟。"父亲说罢要出门,他退休后在一家单位做门卫兼收发。父亲原来不准我抽烟的。我看看自己的手:指头熏黄了,准让他发现了。

吃罢饭,不禁想起母亲,于是去了公墓。返家时,天快断黑,父亲静静地坐在厅堂,"我知道你不会在外头吃饭的。"父亲好似自言自语。

菜摆在了桌上,米粉肉、苋菜等,中间一碗银鱼氽蛋,这是我最爱吃的。以前每次回家,母亲必弄这道菜。父亲准备了两只小酒盅,拿出一瓶白酒。我连忙说:"我还没学喝酒呢。"父亲脸上露出喜色,高兴地说:"好!不要学,以后也不要学喝酒。"

我不喝,父亲也不喝。他收起酒盅,我去盛饭,双手递给父亲一碗。他用筷子点点桌上的菜,想是叫我多吃。我轻轻夹了几次,父亲忽地端起银鱼氽蛋,一半倒入我碗里。饭桌上,我鼓起勇气问父亲:"叫我回来有啥事?"父亲吞吞吐吐:"呵呵,没事。"

我心里更加纳闷儿。

"请了几天假?"父亲问。

"两天,"见父亲有些失望,我又补充说:"刚接手,事情多。"

饭毕,我第一次递了一支烟给父亲。他看了看我香烟的牌子,冷冷地问:"抽中华了?"我解释:"回家特意买了两包好烟。"

父亲嗯了一声,没有再说话。他离开饭桌,坐在沙发上,埋着头,闷声抽烟,一口一口的。

忽然,他灭掉半截烟,倏地站起,对我点点头,拉住我手,出门上了街。

路上,他靠我极近,我挽住他的手臂。父亲又问这问那,开始说教:凭良心做事啊、清清白白做人啊!道理我懂,但只有点头的份。父亲领我进了一家烟酒专卖店,要了两条"金圣"烟,合计三百六十元,我争着掏钱,父亲坚决不让。

晚上,我怎能安睡?我猜不出父亲到底为何要我回家。父亲也没睡好,我听到他几声叹息。

"爹!"

"嗯,不困?"

"好困好困!"

我喃喃地,想问,又语塞。

第二天睁开眼,父亲已起床。他站在床边望着我,让我十分不安。有那么一刻钟，父亲说："你回单位吧？"我一下子蒙了，坐直身，搓搓眼。"你走吧！"父亲又重复一句，语气很坚决。

父亲的脾气，我是知道的。

早饭极为丰盛，不失送行的意味。父亲吃得少，却要我多吃，我也吃不下。

父亲从里屋拿出两条烟——昨晚买的，还有一包水果，放进我的旅行箱里。他板着脸跟我说："能抽这样的烟就行了！"

他推着包，送我去车站。站台上人群熙攘。我上了车，父亲仍木木地立在车厢旁。行人挤着他，他努力平稳，就算是被撞动，也立即抽回腿，脸上没有表情。

"爹——"我探出头喊了一声，又不知说什么。

父亲望着我，见我没下句，嘴唇动了半天，蹦出一句："没空就不要回来！"

我有些心酸，车开动了，竟忘了向他挥手。

回头望，父亲还是站在原地，强光下：满头已见花白，背有些佝偻。

姆妈不当家

大哥从插队的农村回来,我正陪着姆妈在厨房流眼泪。大哥能猜出家里发生了什么事情,仍问了下在堂前发呆的二哥,然后把二哥喊了进来。说:"我们已经长大了,不能让爹再打姆妈,我们一起动手把爹绑起来。"

二哥点点头,很勉强。我说"好"的时候,牙齿咬得咯咯响,那是怕!

谁不害怕呢?

爹的威严摆在那里。他性格暴躁,眼睛动辄瞪得又圆又大。吃饭时多夹几次菜,爹的筷子就冷不防打在你手腕上;放学跟同学踢足球,被爹发现了,回家先是一个爆栗,接着凶煞煞地说:"不许吃晚饭,省得吃饱了胀尸,我可没钱给你买鞋子。"

我经常因为小事饿一顿。记事起,我就感觉爹把钱看得比人重。

这次爹动手打姆妈,祸是我惹起的。学校组织郊外野营，自备干粮。姆妈为我准备了锅巴，我不愿意，好多同学买了糕点，我也想带半斤饼干。姆妈为难了：她没钱——家里爹管钱。姆妈说："买饼干找你爹去。"我没胆量找爹，只敢纠缠姆妈。姆妈没法，从爹挂在墙上的外套口袋里拿了一块钱给我。

想不到爹的钱分得很清楚，他发现口袋里少了钱，要查个水落石出，谁偷钱就打断谁的贼手。姆妈解释，爹认为她护短，俩人由此发生了口角。爹的老毛病又犯了，说不到两句就动手，用力推搡姆妈，使出了拳头。

爹是手艺人，力大气沉，每次动起手来，不论是谁，丝毫不减力气。

姆妈流下眼泪，不仅胸口疼痛，更是心里委屈。她有工作，不吃爹的，不穿爹的，在家还有做不完的家务，一心为这个家，想不到竟然没有用一块钱的权利。

爹说："好在不让你当家，你当家这个家就败光了。"

叔叔家断炊，来我家借米。爹不借，还骂人："你有手有脚，还好意思开口借米，饿死活该。"叔叔蔫头耷脑离开，姆妈连忙追出门，轻轻地跟叔叔说："你哥不在家时再来，我量两升米给你。"

隔日，叔叔果真来了，还带来畚箕，挑走一担煤球。

爹再三警告，"不要以为家里少了东西我不知道，人家救急不救穷,你这是害人害己。家里的菜看不到油水,油罐里的猪油却用得飞快。"

姆妈不回嘴。

家里炒菜的猪油是爹托人买来的板油,切成小块用盐腌在罐子里,炒菜时用筷子夹出一块,热锅里面擦一擦。

我清楚,姆妈绝对没有送板油给叔叔。

隔壁李婆婆,孤寡老人,姆妈可怜她。李婆婆炒菜烧红锅,把菜倒进去铲动两下用盐水煮,没有一点油花。姆妈时常送两块板油给她。

姆妈就是这样一个人,哪怕讨饭的站在门口,宁愿自己少吃,也要盛半碗饭给人家,并客气地说:"不好意思,我家也不多,你辛苦多走几家。"

而每次洗刷碗筷,姆妈在厨房把饭甑里残留的米饭一粒粒抠进嘴里。

大哥高中毕业下放农村,穷地方,姆妈更是想方设法腌制些鱼干之类的咸菜让他带去,再三交代:"现在是长身体的时候,饭要吃饱。反正离家近,农闲就回来。"

爹说:"没事不要总往家跑,吃点苦就吃点苦,不然不知道锅是铁铸的。"

大哥不会因此恨爹吧?

大哥说把爹绑起来的时候,是咬牙切齿的。姆妈一下

子愣住。大哥转身准备拿绳子,姆妈迅速用袖子擦干眼角的泪,猛然咆哮起来:

"爹爹、爹爹!我叫你们爹爹行不行?——你爹爹做得再不对,也是为这个家呀!你们谁敢做出大逆不道的事,我就死给你们看!"

大哥泄了气,我也松了一口气。我们兄弟就那样默默地陪在姆妈身边,谁也不说话。

天渐渐暗了下来。

爹回来没有进家门,坐在门口吧唧吧唧地抽旱烟。

姆妈听到外面的响动,霍地一下站起来,到了弄晚饭的时候了。我们家的晚饭都是加热中午的剩饭剩菜,大哥突然回了家,剩饭应该不够。姆妈迟疑了一下,系好围裙,架起火,先用鸡蛋炒好一碗饭,吩咐大哥:"我懒得理你爹,你端出去让他先吃,他是做重活的。我们等一下一起吃菜泡饭。"

娘家人

家父辞世,小姑坐着轮椅来奔丧,喧嚣的哭灵声中,她的哀号最悲切,催人泪下。

小姑七十多岁,身体佝偻,满脸皱褶,步伐老态。真是万万不该,我们多年没有亲近。原因在我,我成家之后,几乎没有探望过她。

父亲兄妹四人,唯小姑住在偏远的乡下。以前交通不便,自行车也稀少,每年小姑都会步行上街几次。街上的亲戚也会去她家,或结伴,或单行。

记得小姑来我家,完全是做客的模样,打了补丁的衣服穿得整整齐齐,进门绝不空手。小姑喜欢提只竹篮,篮子里放着荷叶包裹的葛粉、蔗糖,抑或辣椒、黄瓜、鸡蛋之类的土产。小姑来做客闲不住,那时她身板直,年轻有力气,洗衣弄饭,担水扫地,什么事都抢着干。

小姑做客保持着一个习惯:上街只住一个晚上。她说放不下家里一家子的事,还得赚工分。小姑家境不好,走的时候，母亲会预备一些物品相送，小姑总是百般推辞。

母亲在背地里说："小姑是争气的人！"

"争气"是俚语，大意是爱面子。每次上街，小姑会央求父亲开点后门，帮村里人采办些火柴、肥皂等当时紧缺的小物资，这也是面子使然吧。

街上有亲戚，村里人是另眼相看的，何况父亲还是一位小干部。

我明显感到小姑最喜欢我们去她家，父亲是她家座上贵客。小姑家有喜事，一定会邀父亲；家里发生矛盾，也请父亲去调解。父亲在小姑家的威望是极高的，甚至在小姑村里说话也是掷地有声。

父亲也跟街上亲戚说，小姑的日子难，亲戚应该多帮衬。

许是这个原因，大凡小姑家有事，父亲必到场。

我小时候可是很愿意去小姑家，那是非常欢乐的事情。待遇明摆着，进门吃点心——水煮蛋。小姑总是倾其所有，好吃好喝地招待。我更喜欢跟着表弟去放牛，表弟牵缰绳，我骑在牛背上，一颠一颠地行走在田埂上；我们一起撑着小船，偷偷地去采莲蓬……

乡下趣事多，不仅是我，街上的表兄表弟都喜欢去小姑家。在小姑家自由，我们可以肆无忌惮地打闹，无论做什么，小姑总是冲我们热衷地笑。小姑如此好客，去的人越多，她越高兴。照料是精心的，我们睡的是刚刚浆洗过的被子，洗脚水也是小姑亲自伺候。

后来渐渐长大，小姑的热情依然，而我们去的次数少了。

小姑也很多年没有上街做客。表弟偶尔来一次，告诉我们一些他家的情况。前些年，小姑一切尚可，只是家务缠身，近年突然身体差了，行动不便，生活不能完全自理。这挺意外！表弟还说，小姑很惦记我们这些街上的侄儿。

我曾多次萌发去看望小姑的想法，到底不更事理，父亲又卧床有年，一直耽搁了下来。父亲七七祭日，我又想起小姑在父亲灵前的哭声，心里戚戚。

该探望一下小姑的！

前一天同表弟打了个电话，今儿一早去超市采购了一些营养品，带上爱人，我们一同驱车去小姑家。现在村村通了水泥路，一路顺畅。晌午时，我车直接开到了小姑家门口的晒场。

小姑家还是我熟悉的老瓦房。我们刚下车，噼里啪啦的爆竹声响了起来。我知道：爱人第一次来，小姑家有放鞭炮迎接新客的礼俗。表弟招呼我们进门，堂前八仙桌上摆满了热气腾腾的饭菜。

不等我进屋，小姑竟蹒跚地走了出来。我赶紧向前，喊了声"姑姑！"

小姑直瞪瞪地瞅着我的脸，双眼骤然流下两行老泪，她使劲抓住我的手，颤颤抖抖地说："娘家来人了！我娘家来人了！"

一辈子的姑姑

吴婷婷四十五岁，没有结婚。她生就一副瓜子脸，细眉大眼，挺耐看的。她在机关上班，气质也佳。亲友帮她介绍对象，见面之后皆不了了之，个中原因，一言难尽。

大家都承认，吴婷婷挺善良的。

婷婷生长在农村，但她家不种田。她父亲是木匠，手艺不错，一年到头被人请去打家具，忙是肯定的，日子潇洒，天天三餐两点，有酒有肉。家里也有些钱，那年头，村里唯一的三层楼房就是她家的。她家在城乡接合部，小南门出去一脚路，就可以看见她家的琉璃瓦。

她就住顶层——暂时的。本地风俗，房子迟早归儿子，女儿没有继承权。

她有一个哥哥。

哥哥从小跟着父亲学手艺。

父亲倒是宠爱女儿，一直供她读书。婷婷学习不错，高中毕业后考上了大专。她大学毕业分配在机关，全村人都羡慕。

哥哥就不行了，木匠出师不久，打家具的人越来越少，买家具成了时髦，他歇工比干活的时间长。歇就歇吧，偏偏歇出事情来：哥哥闲时同女人打麻将打到床上去了，让一个大姑娘怀孕了。这姑娘可不是省油的灯，拿几件换洗衣裳，挺着肚子进了门，找间空房住了下来。

他家的三层楼房，空房好几间呢。

嫂子实诚人，自己的男人自己知道。老公懒得要命，性格又不好。从她嫁进门，除了生崽，就是做家务。婆婆死得早，家里洗洗涮涮都是她一人做。好日子没过一天，老公既然惹来狐狸精，你们过吧！嫂子一怒之下，喝了农药，拉到医院没抢救过来。

儿子造孽，老木匠无可奈何。他的话儿子不听，新儿媳不买账，罢罢罢！父亲另起锅灶，各过各的。

婷婷参加了工作，回家自然帮助父亲。

可怜两个年幼的侄子,哥哥不会管,后嫂不肯管,侄子饱一餐,饿一顿,穿得破烂,天天脏兮兮的。爷爷看不下去,又没有精力,每日唉声叹气。

"我来管吧!"婷婷也是实在看不下去。

她跟哥哥商量,让两个侄子跟爷爷一起吃饭。

哥哥巴不得。

婷婷管侄子的吃,管侄子的穿,给侄子添衣买鞋,洗衣擦澡,就像是个娘。

大侄子七岁了。"该上学了吧?"婷婷问哥哥。哥哥说:"你看着办。"

婷婷帮侄子选了一所城里学校。

孩子要买作业本,找爹要钱。爹说:"找姑姑要。"

学校开家长会,孩子告诉爹。爹说:"叫姑姑去。"

自从婷婷接了手,哥哥成了甩手掌柜。婷婷毫无怨言,只是侄子一个比一个顽皮,她打不下手、骂不出口,又不知怎样调教。

婷婷能做到的,就是下班之后守在家里。她不唱歌不跳舞,同事聚会也不参加,有人介绍对象,也是约在家里见面。

哥哥悄悄跟儿子说:"姑姑结了婚,你们的好日子就到了头。"

侄子似懂非懂，便有意无意地捣乱。只要有男性来家里，他们就不离左右，恶作剧一出一出，搅得男人愤然离开。

其实，男人离去是因为姑姑提出的条件，结婚后继续抚养侄子长大成人。男人不愿意。

抚养两位侄子，负担真不轻：大侄子高考分数低，录取三本学校就花去两万；小侄子读高中，成绩也不理想，又是一个麻烦。

哥哥彻底没指望了，后嫂生了小孩，他的心思在那头。

父亲没能力帮助了，他的钱盖了房子，身体也越来越差。他突然担心儿子将来偏心，便喊来亲戚邻里做见证，立下一个遗嘱：家里的房子平均分配给三个孙子，每间房都落实到人，共用走道、楼梯也有说明。

没有人提出异议，大家签字画押。大侄子拉弟弟去门外，悄悄嘀咕："爷爷死后，姑姑住哪儿？"

五叔的寿诞

五叔是父辈唯一健在的长辈,大年过后七十九岁,他终于决定提前举办八十寿诞。并按家乡的风俗宴请三餐:初三晚上暖寿宴,初四早上吃麻糍和卤子面、中午正餐。五叔出生其实是6月,寿诞放在正月里,是顾及我们这些外地工作的晚辈。父亲五兄弟,还有两位姐妹,延续到我们这一代,堂亲表亲二十余人,在外地工作的不在少数。

初三一大早,我携妻女专程回老家。先在大哥家落脚,吃过中午饭,便同大哥一起去五叔家拜年、送寿礼。

五叔家张灯结彩,颇有喜庆的味道。

他的子女都在,我们堂亲见面,免不得亲热一番。五叔听到我们到了,从里屋抢步到堂前,非要亲自倒茶。他从羽绒服里面的口袋掏出半包"中华"烟,拉我在沙发上坐下。五叔看见我们放在茶几上的礼品,嗔怪说:"你们拿这些东西来干啥?人到了我就很高兴!"

大哥说:"孝敬五叔是应该的。"

五叔的长相极像我的父亲,每次见到他,我都倍觉亲切。我说了很多祝福话,五叔眉开眼笑,嘱咐我晚上划拳,把气氛搞出来。

他告诉我:"现在办喜事都是放饭店,我依了你,就放家里弄,可以多聚一下。"

那话确是我说的。去年端午探望五叔,碰见他的孙子,人高马大,竟然不识。当时我有所感触,跟五叔说:"趁你八十大寿时大家聚一下,把爷爷脉下的人都叫拢来,认认自家的人。"

想不到五叔真依了。

这次寿诞,五叔十分重视,专门请了厨师。我看见院子里,移动灶台上的蒸笼冒着热气,案板上摆满了菜肴。

陆续来了些客人,除了婶婶家几位亲戚,都是我们这些侄子和外甥,这本就是一个家宴。晚宴坐满四桌,还有很多人没来,因为是暖寿,所以五叔不甚计较。散席的时候,他一再交代:"明天多来些人,把老婆孩子带来,我准备了六桌。"

初四早上,我去吃了卤子面,中午带妻女赴正宴。

五叔家果真架了六张圆桌,堂前、廊檐各三桌。说好12点开席,菜上了大半,来人竟比暖寿宴还少。五叔焦急地查点人数,大伯家来了谁,二伯家谁没来,他一遍遍派人去催。自己蜷缩在沙发上，戴副老花镜，拿个小本子，不停地拨电话。

爆竹是11点58分准时点燃的。天空下着淅沥小雨，堂弟在廊檐放鞭炮，担心爆竹四溅，找来一只箩筐，噼里啪啦的爆竹坠落箩筐里，声声闷响。

中午的菜很丰盛，冷盘蒸炒砂砵十八道菜。来人凑满了三桌，另外三桌空无一人。负责传菜的堂妹望着满桌子的菜，软软地歇了下来。

五叔的神情确乎越来越凝重，他默不作声，拄着拐杖，一动不动地站在廊檐边沿，张望两边的来路。路上行人稀少，北风拂面，五叔满是皱纹的脸不时颤动。瓦沟滴落的雨水不停从他眼前划过，急骤地打在台阶上，滴滴答答。

桌上的人埋头吃菜，小口抿酒，气氛有些沉闷。坐在我身边的堂哥是大伯家派来的代表，他悄悄跟我说，今天他大哥办六十寿庆，他得提前走。只见他动了几下筷子，便起身同五叔告退。五叔手一挥，由他去。

真没想到寿诞会办成这个样子。

我忐忑不安。

要知道，很多年前五叔就不再设宴请客的。

在我还小的时候，叔叔伯伯每年都会做一次东，时间也是春节。这是祖父祖母仙逝后，父辈维系亲情的一种方式。平时各忙各的,过年走亲戚。

每年的正月初一,父母就会安排我给大伯二伯拜年。四叔五叔家先来人,我们也去叔叔家。拜了年,便有顿饭吃,不过不是初一,等到后面外甥、侄女都拜了年,才会统一安排一次家宴。

请客由大伯家发起,五叔家结尾。男长辈喝酒、猜拳、坐八仙桌,伯母婶婶聚在厨房,有事做事,没事唠嗑。小孩则围着大圆桌,或坐或站抢位子。我们知道谁家哪道菜最好吃,而无论好孬,每道菜都被抢得精光。那是幸福的时光,接连好几天,上房揭瓦,百无忌惮。

后来逐年长大,年长的堂哥结婚了。人丁在增加,请客的场面越来越大。五叔不干了,他家里穷,许是不堪重负,提议请客从简。

五叔首先针对外甥。他说:"现在参加了工作,一年看一次舅舅,几个大外甥还是送一份礼。"

对那些侄女,五叔也有意见:"一年到头都不来看一眼,吃饭的时候拖儿带女,不来也罢。"

五叔的话说出了口,落了个"认礼不认人"的名声。也就是从那年开始,五叔真的不再设宴请客了。

而对我们这些侄子,五叔没有改变,你去了,随菜便饭,他高兴。20世纪80年代,我接到入伍通知书,五叔请我吃了顿饭，专门杀了一只生蛋的鸡。五叔第一次让我喝白酒，说了很多鼓励的话，要我给他写信，给他寄照片。

蓦然回首，三十多年过去了，五叔行动踉跄，我也步入中年。其间偶尔探望他，都是来去匆匆。五叔的子女自立了门户，也有的客居他乡，只有五叔五婶还住在老宅里。

老宅木柱瓦房，大过年的，门口贴了对联，屋檐吊着大灯笼，堂前的年画当然是新的，上堂还新挂一块牌匾：松鹤延年。

我看见镶有我戎装照片的大相框还挂在原处，就在牌匾的左下方。相框陈旧，边框木头上的油漆大部分剥落，里面的照片发黄，也很凌乱。

姐姐

我叫余加银，她叫余加红，我们同年，她月份大，我理应叫她姐姐，但我从没喊过她。说出来是个笑话，这位姐姐差点儿成了我的老婆。

我们当然不是直系姐弟,但也隔得不是太远——我爷爷的爷爷同她爷爷的爷爷是亲兄弟。

两家联姻,是她母亲提出来的。在我们那个小地方,亲上加亲是常有的事情。

父亲蛮起劲的,回家征求我的意见。我有点难为情,不置可否,转身跑了出去。外面烈日炎炎。那是1977年仲夏,我刚高中毕业,对婚姻还懵懵懂懂。父亲的声音追了出来:"你考虑一下,可以先成家,后立业。"

难得父亲是商量的口气,如依他的脾气,这事就定了下来。我两个哥哥结婚,皆是父母之命、媒妁之言。

对这位姐姐,我知之甚少。两家往来是大人之间的事情,我们小辈并无接触。说句得罪人的话,我孩提时,根本不晓得有这门亲戚。

初识他们,我上高中。在姑姑家——我姑姑家在乡下。记不清姑姑家办什么喜事,我随父母去祝贺。筵席上,父亲让我管一个人叫叔叔,那人便是余加红的父亲。

后来才知道,这是隔了几代的叔叔。他是老牌大学生,当过教师,因家庭成分不好,街上的房子归了公,全家下放农村,插队在我姑姑的村庄里。散席后,叔叔再三邀请我们,一定要去他家坐一下。

他家居然是茅屋,土墙稻草顶。屋里也简陋,一张桌子、几条板凳。婶婶身体不好,蒙头裹脸地坐在火桶上。叔叔在门口大呼小叫:"街上的哥哥嫂嫂来了!"婶婶连忙起身,扯下头巾,端茶倒水,热情非常。

大人们叙了叙旧,叔叔话题一转,原来有事相托。叔叔说:"国家有返城政策,哥哥人面广,可不可以帮忙找关系调我们回城里?"父亲答应:"回去问问情况。"

这时进来一位女孩,右臂挽着一篮子洗净的衣服,左手拿根棒槌,袖口卷起,双手通红。女孩见到我们,似有讶异,愣在门口一动不动。叔叔介绍,"这是小女儿,加红。"他回头对加红说:"快叫大伯大妈!"

加红就柔柔地喊:"大伯大妈!"

婶婶问我的年龄,又问我出生月份。母亲答了。婶婶说:"加红大两个月。"她回头对加红说,"叫弟崽!"

加红勇敢地直视我,莞尔一笑:"弟崽!"

父母当即夸赞加红懂事漂亮。

我是第一次见她,不好意思抬头,五官也没看清楚。

不知道父亲到底起了多大作用,反正叔叔落实了政策。他一家人分批返城:先是叔叔婶婶,然后是加红和二哥。听说加红还有位大哥,因娶了乡下的老婆,返城有困难。那段日子,叔叔经常跑我家。加红也会来,都是节日前,提只鸡鸭什么的,放下就走人。

我去过叔叔家一次,是他请我们一家去吃饭。他家归公的住房还没有返还,吃饭在他临时租的房子里。饭菜是加红洗洗涮涮的,味道真不错。酒足饭饱,父亲又是一阵夸加红。

婶婶说:"要不把加红给加银做老婆?"

这应该是一句玩笑话,以后也没人再提起,毕竟我和加红属五代亲,婚姻法不允许。何况叔叔家落实了政策,我们两家渐少来往。

在家待业,压力山大。我想当兵,母亲不舍。1979年,一家大型央企招工,我竟然考上了。

巧的是,余加红也被这家企业录用了。

离开故乡的那天,我们集体包了一辆大篷车。父母为我送行,加红的父母也帮她挑来木箱。大人们见了,寒暄了一会儿。婶婶说:"这下好了,姐弟在一起,在外有个照应。"

我突然发现,加红脸蛋红扑扑、身材丰满,挺漂亮的。

在新工人学习班,我们天天见面,但无话可说,打个招呼,都是直呼其名。我记得,加红帮我洗过两次衣服和床单。

后来我们分配在不同的车间,都是一线操作工,三班倒,碰面的机会也少了。我知道,分配工种的时候,加红耿耿于怀，她很想去电话班或者做仓库保管员，但找不到可以帮忙的人。

不久，她恋爱了。老乡告诉我，师傅给加红介绍对象，她非干部子弟不谈。最终她交的男朋友是职工医院院长的儿子，在供销科上班，可惜左腿有残疾。

加红结婚，没有邀请我。听说，她的婚宴很排场。

日子

如果还是中年，老婆一通数落，老张必定气急败坏，过不到一起就算了。

也没有什么大不了的事情。

儿子在省城买了房，老婆过去帮忙收拾，一周后返回家时铁将军把门——她忘了带家里的锁匙。

老张断黑后才回家，手拿钓鱼竿，鞋子都是黄泥巴。老婆憋了一肚子的气，从门口台阶上蹿起，怒吼："你心里还有我吗？说了今天回来，你就是不管我的死活！"

老张急忙开门，哦了两声说："忘了。"

老婆跟进屋，放下挎包，屋里到处乱七八糟。她又连珠炮似的发问："我是上辈子欠你们家的？在你崽家里累死累活，你一个电话也没有，回来又是冷锅冷灶，我就是你们家的保姆吧！"

老张本想说句对不起。可老婆这样无限上纲上线，他咬咬牙，终于忍下了，跑去阳台把门一关，掏出香烟闷闷地吸起来。

冷战还在继续。

本来，夫妻说好一起去儿子家。出发前夜，俩人商量帮儿子添些什么家具，意见不一发生口角，老婆便一个人走了。老张想，走就走吧，懒得跟去看脸色。

老张清楚，现在老太婆一门心思放在儿子身上。儿子需要什么、要做什么，她都绝无怨言，甚至还有"马屁"嫌疑。她总跟儿子说："你们赶快生个宝宝吧，趁我还有体力，可以帮你们带小孩。"

而对待老张，老婆就没有好脸色了。老张退休不到半年，俩人就频频发生矛盾。按说，老婆也过了更年期，是不是广场舞跳得精力旺盛？老婆没事就守在电视前看《养生堂》。他在屋里走两圈，老婆就责怪："你晃来晃去晃得人发晕，没事不会拖下地？"

老张拖了地，从此，拖地的事归他了。

老婆又让老张负责买菜，他也依了。可老婆不放心，每次买菜回来，老婆都要过秤。既然如此，老张买肉故意买九两，菜价胡乱报，不出几天，老婆又不让他买菜了。

两个人在小事上也要斗智斗勇。

"你办得了什么事？"老婆眼里的老张几乎一无是处，没事她总要奚落老张："你官又没当官，钱又没有赚到钱，就晓得等我伺候你？"

原来老婆没有这样絮叨。老张退休前，她只画红线，"我在家洗衣弄饭，你下班准时回家，不要在外惹出事就行。"

老张曾有提拔的机会，老婆也是泼冷水："芝麻大的官有什么当头？不要当个小官当成别人的老公，我们平平安安过日子就行。"

那时老婆应该有危机感吧？

以前他们也吵架，到了晚上，身体碰在一起，手自然伸过去抚摸一下对方，就和好如初。现在可不一样了，不仅白天如仇家，晚上睡在床上，两人中间好像还有条三八线，谁也不肯逾越。

这日子过得实在憋气！

有什么办法呢，俩人无所事事，坐在家里眼睛对眼睛，不产生些摩擦，日子怎么打发？

老张想到一个自认为可行的办法，惹不起就躲。他购置了一套渔具，天天去河边钓鱼。但他不能不回家吃饭，外面一碗面条十块钱，是他们两口子一天的菜钱。儿子贷款购房，还需要家里的资助。

是啊，臭崽结婚三年，儿媳还没有动静，真是一点也不顾全大局。如果添个小宝宝，家里的局面肯定会有所改观。

老张有点疲惫，倒在床上想着想着睡着了，脸上还露出甜甜的笑。

醒来，新的一天又开始了。

享受

儿子在深圳安家有些年头了。

真是心有不甘，我就这样"投靠"了他。

起劲的是老婆，四季的衣服都带来了，做了长住的准备。她早就想过来，只是没有接到指令。

儿子结婚三年，不肯要孩子，说再自由两年。老婆不停地催："趁我们有力气，你们赶紧要个宝宝吧，我们帮你们带小孩。"

儿媳怀上是意外。

老婆兴奋，三朝两日打去电话："我们什么时候过去帮忙啊？"

儿子回话："别急，等我电话。"

老婆闲不住，翻箱倒柜，找出儿子出生时用过的包被，晒了又晒，挑出棉布旧衣服，剪成一块一块的做尿片。她把家里值钱的不值钱的首饰、证件、收藏的一大把硬币、我父亲留下来的两只民国小花瓶全部包在衣服里，随时准备听从召唤。

说来惭愧，我家没有像样的家当，那两只花瓶也值不了几个钱，不然早变卖了。我们所有的积蓄全部贴给儿子购房，剩下的只有退休工资。

儿子暂时不让去，我倒落个清闲，继续出门钓鱼，去公园同朋友抽烟聊天。

老婆责怪我："你看你，戴家的事，你怎么一点也不着急？"

我不是不急。开始，身边的朋友一个个当了爷爷，我

心里也急。退休在家，无所事事，老婆爱唠叨，我也巴望抱孙子打发日子，免得同老婆眼睛瞪眼睛。

可儿子不急，我急有什么用呀？

儿媳预产期还有一个月，儿子才叫我们过去。我知道，他们更愿意过两人世界。

儿子的住房不大，七十多平方米，但设施齐全，都是现代高档的。

来之前，我同老婆有分工：我买菜弄饭，老婆负责洗衣服带小孩。儿子的厨房真干净，冰箱很大，里面只有鸡蛋和方便面。我问儿子："平时你们吃啥？"

儿子答："外卖。"

我本要责备两句，话出口，竟然讨好似的："你们想吃什么，明天开始我给你们弄。"

儿子说："饭吃杂粮饭，炒菜少放盐、不放味精、不放生姜，营养搭配就行。"

这应该是儿媳的意思吧。

到底两代人，作息时间全然不同。我们年纪大了，睡眠少，老婆一早起来拖地洗衣服，我轻手轻脚下厨房。

有件事说出来不雅：我习惯方便的时间点上，不方便进卫生间，一旦坐下去，半天起不来。儿子儿媳起床便如打仗，匆匆洗漱、匆匆用餐、匆匆出门。我只好忍着。

中午他们不回来,我们随便打发一顿。

晚上成了正餐,四菜一汤总是要有的。烧菜弄饭并不难,难的是天天要有变化:荤素搭配,口味营养兼顾。一扫而光很有点成就感,吃一半剩一半肯定没弄好。剩菜剩饭收进厨房,我一边洗碗,一边自责。

儿子跟了进来,用奇怪的眼神看着我,说:"教了你用洗碗机,怎么还是用手洗?"

我说:"手洗干净。"

老婆插嘴附和:"洗碗机用化学药品,碗上会有残留物可不好。"

儿子没好气:"怪不得老妈也不用机器人拖地。你们真是老土,让你们来享受都不会。"

我真想骂句臭崽,我们是来享受的吗?金窝银窝,不如自己的穷窝。何况这里一切陌生,不是割不断的亲情,我们何苦来?

但我没有说出口。

明天买些什么主菜呢?四两基围虾应该够了,我们老两口不太习惯吃海鲜,再买半只土鸡,儿媳喜欢吃我弄的三杯鸡。

眼泪往下流

离开儿子的家,奔汽车站乘上返老家的中巴。阴霾的天让人压抑,公路两旁的树木散尽了叶,枝干暴露出孤零零的鸟巢,显得落寞。

一路上,我都有点想哭。

来儿子家一年了,我和老伴同来的,照看孙子。孙子也快周岁了,有些累人。中途返回过两次,偷闲小憩,跟老友叙旧喝酒,轻松快活,心里却挂念着孙子。

这次回去,我决定不再来了,也不去想孙子。

孙子当然没有得罪我,他少不更事,懵懂可爱。

是儿子伤害了我。

今早,侧耳听见孙子咿咿呀呀醒来,等儿子把他抱出来,我迎上前,跟儿子说:"让我抱吧,你赶紧洗脸上班。"儿子愣了一下,"不要你抱。"说着,冲阳台洗衣服的他妈喊:"老妈,你来抱宝宝。"

老伴连忙擦干手上的水,从我身边把孙子抱走。儿子一直不睬我,转身去了洗手间。我在原地足足待了五分钟。

我知道儿子不让我抱孙子的原因:我抽了烟,有烟味。可我刚刚洗了脸、漱了口呀。儿子从洗手间出来,我压着怒气说:"崽啊,你伤害了我!"

儿子竟然理直气壮,音高八度,"你、你伤害了我的儿子!"

我一时语塞。

兔崽子,哪来的胆子,敢如此大声跟老子说话?

对于抽烟这件事,我知道不好,烧钱伤身体。这没得商量,抽烟是我唯一的嗜好,宁愿减寿,不肯戒烟。但我小心,尽量不影响他人。在儿子家,我从未在室内点过烟,都是去楼梯口或阳台过把瘾。

谁他妈的多事,杜撰一篇关于"三手烟"的文章在网上扩散。捏造头发上、衣服上残留尼古丁,同样危害他人的谣言。老伴和儿子信以为真,转发给我,要我抽了烟半小时后抱孙子。我不以为然,这完全是博眼球的狗屁文章,没有哪个权威做过科学论证。

我友人中,抽烟的不在少数,也在照顾下一代,可从没听说谁家的子女有意见。

说起来,儿子也是在抽烟环境里长大的,不仅我抽烟,带儿子的保姆也抽烟。"二手烟"的危害我信,但请不要怀

疑我对儿子的疼爱。所请的保姆干净细心周到,既然请她,就该接受她的全部吧。

事实上,儿子长大成人,并没有受到什么影响:长得人高马大,英俊潇洒。智商也不低,名校毕业,发展势头良好。

如果要说意外的话,那就是他的情商有问题。

譬如,如果他早上态度端正,语气缓和,把"你伤害了我的儿子"说成"担心你伤害到你的孙子",我就不会愤然离去。

兔崽子,老子不是来投靠你,是来帮忙出力的,理应得到更多的尊重。做父母的,带孙子不是应当,不是义务。我们有自己熟悉的环境,自己的生活方式,不是骨肉至亲,我们何苦来?

不得不承认,儿子他妈比我开明,不但照看孙子,家务事也几乎全部包揽,毫无怨言。老伴与儿子的关系融洽,什么事都由儿子、偏向儿子,并一致反对我抽烟,与儿子如同一伙人。

难怪儿子胆大包天,敢于怼我。要是老伴同我一起,拍拍屁股走人,儿子不跪求才怪呢。

我曾同老伴开玩笑:"你拍儿子的马屁,是不是想让他给你养老?"

老伴很严肃地说:"怎么是拍马屁呀?儿子是我生的,现在他需要帮忙,我不帮谁帮?我老了也不靠他,我去养老院。"

儿子在旁边拍巴掌,一脸兴奋:"就老妈通情达理!"

我说儿子的情商低吧,这个时候,要么不插嘴,要么说乖话。不管是不是真心,聪明人一定会卖个嘴皮子,许个诺、表决心。

或许,儿子是实在人。我弯不下腰,他帮我剪脚趾甲;有一次我重感冒,他拉我去医院,背上二楼,用身体顶着我的头看医生;他也说过,把我们的户口迁过去,就近买套房。

我才不稀罕呢,我有房,老家的房子住着很舒服。

马上就要到家了。

老伴拨来视频电话,我不情愿地接通。

"到哪儿了?"

"过了马背嘴。"

屏幕上,孙子一张疑惑的脸。我毫无表情地看着他。孙子笑了,应该是认出了我,咿咿呀呀,张开手往前扑,是要我抱的姿势。我眼睛酸酸的,赶紧把视频挂断。

流量要钱的。

老伴又发来微信:"休息两天就过来。"

我回:"不去!"

除非儿子正式道歉,我不再追究。我不戒烟,但可以少抽,可孙子必须让我随时抱。

堆婆冢

浙岭、羊头岭位于江西婺源和安徽休宁交界处,峰峦相连数十里。一条逶迤的石板古道是饶州与徽州互通的必经之路,商旅行人、贩夫走卒,往来如织。山里人家淳朴,秉承"岭岭茶碗设""募化烧茶偈"的古老遗风,五里一路亭、十里一茶亭。炎热的夏天,挑担负重的路人大汗淋漓,遇茶亭歇脚消乏,一口粗茶,不啻甘露。

相传,山道设摊供茶起始于方婆,那是很久远的事情。

方婆生长在纷乱的晚唐时期,休宁县茶商之女,15岁许配婺源一户方姓人家。两家世交,都很殷实。

丈夫从小读书,也习武,婚后不打理家业,混迹江湖。最后竟然跟人一同起兵反唐,担纲重要角色,攻城略地,杀人如草芥。丈夫彪悍了两年,被朝廷诱杀了,头颅悬挂在竹竿上。消息火速传了回来,整个村子大乱,一夜之间,方姓人家全部逃之夭夭,各奔东西。

可怜方婆无儿无女,公婆毫不顾惜,让她自寻生路。娘家肯定不能回,她也担心娘家受牵连,再则自己新寡,晦气不能带回娘家。方婆盲目地奔命,翻山越岭,撞见了一座寺庙"万善庵"。

万善庵在浙岭山顶上,徽饶古道旁边。方婆一路担惊受怕,饥肠难忍,实在走不动了,突然萌生削发为尼的冲动。那会儿,寺庙院门半掩,庵堂庄严肃穆,方婆油然敬畏,站在门口又犹豫起来。丈夫伤天害理,自己也一定罪孽深重,岂能投入空门,一了百了?

她退到寺院门前的菩提树下,楚楚地哭了好一会儿。

方婆到底没有跨入寺院的门槛,也没有离去,她请人就近搭建了一间小茅屋。草草安顿下来,每天方婆随寺庙的晨钟暮鼓而起居,听到院子里诵经、敲木鱼的声音也跟着打坐,默念南无阿弥陀佛。

她生活相当简单,一日两餐米汤野菜,滴油莫沾。这也是没有办法的事情,从夫家出逃,公婆没有打发盘缠,她只裹了几件换洗衣裳。路上,她把衣裳及身上的首饰典当了,搭茅屋添用品,所剩铜钱不多了,后面的日子还细长。

方婆当然年轻，人称方婆，那是后来的事情。方婆不仅年轻，还有几分姿色。为避节外生枝，她不与生人说话，也不以真容示人，换了补丁粗布衣服，解开如意髻披头散发，脸上抹层锅底灰。

除了打坐，方婆也努力开垦自给。只是荒山野岭，农作物很难长成，满山的茶树倒是可以换点零钱。她从小在作坊里长大，有采茶制茶的经验。茅屋矮檐下摆个小摊位，方婆卖茶叶也出售竹笋。

有人询问："几文钱？"

方婆和蔼一笑，伸出三根手指头。

来来往往的行人，很多在她摊位前歇脚，有讨水解渴的，也有借锅造饭的，偶尔有人照顾生意，方婆打心里感激，千恩万谢。她突然想到一件事情：生水容易腹泻，为何不煮点茶水供人饮用，兴许这也是一种自我救赎。

此后，每天一大早方婆去山涧提新鲜的清泉，架火煮沸，抓把自制的茶叶，盛在小缸里。备三两只洗净的小竹筒，摆在摊位上，任人自饮，分文不取。转眼到了冬天，方婆把煮好的茶水倒在锡壶里，用破棉衣保温，茶水永远是温热的。

"茶香闻十里，善行传四方。"想不到做了一件好事，方婆的名声传了开来。

做好事并不难,难的是做一辈子。方婆不曾挪窝,一辈子守在浙岭上,一辈子设摊供茶水。

方婆活过了花甲。她生前有遗愿,死后葬在茅屋后面的山坡上。

路人深感方婆的恩惠。为报其德,他们每次行走徽饶古道,都会提前捡块石头,安放在方婆的坟茔上。方婆的坟茔越堆越高,以致丈许,成了一处有名的标识,人们称它"堆婆冢"。

明朝有诗人感叹:乃知一饮一滴水,思至久远不可磨。

时至今日,徽饶古道稀有人烟,万善庵也早已失修倒塌,少有痕迹,而堆婆冢依然寂静地屹立在山坡上。

武娘

江南有个地方,一江两岸三省份,风俗大抵相同。过去,富裕人家高墙门楼,进去有个小院,媒婆带小伙子来相亲,先在小院停留一下,让躲在绣花楼的小姐窥视,尔后进厅堂用茶。女方收下见面礼说明有戏了，拒收就是到此为止。

程荣秀从不躲绣花楼，来人厅堂坐定，她径直站在娘的身后，察言观色。一言不合，抓起来人放在八仙桌上的礼盒，跑到门口轻轻一扔，甩过院墙。

娘照例赔小心："莫怪莫怪，小女不懂事！"媒婆带人快快离去，娘免不了又要骂女儿。"你呀，你呀！哪里有个姑娘样子，媒人都被你得罪光了，看你今后怎么嫁得出去！"

程荣秀二十五岁，老姑娘了，娘十分着急，到处托媒。糟糕的是，媒婆不太愿意张罗她家的事情，她女儿的婚事难办。

家里三儿一女，父亲偏偏宠爱女儿。程荣秀从小不爱女红，喜欢舞刀弄枪，父亲专门为她请了武师。长大后，程荣秀兴趣不减，在家没事玩石锁，一根六十斤重的铁棒舞得虎虎生风，与人过招难逢对手。娘打心底里厌恶抛头露面的女儿，可有什么办法呢？

"你的事我不管了！"娘说的不是气话。

"不管更好，说话算话。"女儿巴不得。

程荣秀又来到江边，坐在一棵枯了叶的枫柳底下。江中白帆穿梭，近岸小船悠悠，她的目光在对岸。

对岸有座山，山下有两个村庄。右边是郑村，人口众多，抢先落户，插草为标，占地广阔；左边是谢村，小庄。

有次程荣秀访师归来，路过谢村时打摆子，头晕目眩，怕寒怕风。有户人家收留了她，主妇慈善，大热天翻出棉被让她盖，天天为她熬生姜葱白红糖粥。程荣秀非常感激，看到主妇喂她喝粥时的眼神，想哭。

这户人家只有母子俩，儿子叫宝强，忠厚老实。临别时，程荣秀把他叫到江边。

"明天我要走了。"

"嗯！"

"你没有话对我说？"

"没！"

程荣秀懒得兜圈子，直接问："你要不要娶我做老婆？"

谢宝强脸红了，头摇得像拨浪鼓，好一会儿才说："我家太穷了。"

程荣秀说："有手有脚不会饿死，你等着！"

现在应该是时候了。

程荣秀传话过去，谢家终于来提亲。女方派人过去看"家势"，男方只有两间矮瓦房。婚礼也是问题：太随意吧女方没面子，隆重吧男方承受不起。程秀荣有言在先，家里同意也好，不同意也罢，先礼后兵，不行就私奔。

娘一百个不满意，也只好认了。

双方报上生辰八字请人看日子，订婚仪式也省了。

谢家迎亲那天，半头猪肉是带来了，没有请花轿，谢宝强推来一辆扎着红花的鸡公车。

女方完全是按起嫁的礼仪操办的。程荣秀"开面"之后，换上红布内衣，外穿红绸旗袍，脚穿花鞋，头戴凤冠纱罩，胸挂铜镜铜尺，站在米筛上。

新娘打扮完毕，女人味出来了，其实程荣秀很美丽。

别人家嫁女，"哭嫁"是一种祝福的形式。程荣秀的娘真哭，撕心裂肺。她把伤心、委屈、无奈、不忍全哭了出来，满屋的人为之动容，程荣秀也流出了眼泪。

大哥把程荣秀抱上车，鸡公车的另一边绑着她的混铁棒。女儿不继承家产，嫁妆不会少，枕头被子、雕花木箱、火桶、洗脚盆等，该陪嫁的都陪了。

噼里啪啦的爆竹炸尽，唢呐吹响，谢宝强推着新娘，吱嘎吱嘎原路返回。

迎亲的过程比预想的要顺利。

岂料，迎亲队伍过了渡，码头上遇到了麻烦。

码头是郑村人的码头，郑村人拦住新娘不让走。

迎亲的人以为郑村人只为讨个"彩头"，交涉后知道又是敲竹杠。郑村人习惯欺负谢村人，以大压小，谢村人向来敢怒不敢言。

新娘不干了,刷地跳下鸡公车,呼地抽出混铁棒,跑到空地,大喝一声:"来来来!谁跟老娘过不去,老娘铁棒不认人。"说完,原地一招"横扫千军",收住,摆出"仙人指路"架势,怒目横眉。

郑村人知趣地散开来。

说也奇怪,从此郑村和谢村再无摩擦,相安无事。若干年后,程荣秀还把一对儿女送去郑村的私塾馆读书。

无论私塾要交几斗米,日子再苦,她都要送儿女上学堂。

疯媳妇

琵琶洲二小校区是原县立小学的旧址。

那时小学没有现在这么大,只有一栋矮平房。空地倒不少,这里本就是一片荒地。平房前二十米去处,是一口小水塘,盛夏时节,总长满淡红的荷花,香气袭人,是一处风景。

县立小学就读的学生不多,六间教室都不满三十人。

教书的先生，包括校长，也仅有九位。

还有一位不在册的校工。

为什么校工是他，不请别人？这个说不清。

他住在学堂的北侧，紧邻。其实他的家就是一间茅屋，土墙稻草顶，极简陋。里面一张竹床、一床破棉絮、一口锅灶、两张小板凳，方桌是摇摇晃晃的，没有一件好家当，且又脏又乱。

他是"老"光棍。

他做校工，除了看守房屋，还管敲钟。他敲钟很准时，声音有节奏，好听。

"铛！铛铛——"

这是个闲职，虽然是编外，收入是固定的。就为这，他娶进了一位媳妇。

他媳妇是街上人，结过婚，怀了两次孕，都生产在马桶里。街上人说她精神不正常。如何失常的，没人说得清。

校工娶这媳妇，非常满意，非常知足。他四十岁不到，五六十岁的模样，头尖体精瘦。他有个外号，叫"虾公"，代替了真姓实名。

学生也是这样跟着叫。

校工媳妇就年轻了，二十四五岁，皮肤白皙，身体丰满，穿着干净，看上去不傻也不疯。她很勤快，屋里屋外都收拾得很整洁,闲时还会扫学堂的操场,抑或去后山拾柴火。

校工脸上总藏不住笑。不久他们的茅屋重新改造了,生活用品也添了不少。有个像样的家,去的人也多了。附近住的人,教书的先生,有空就到校工家坐一下。随便找个借口:"虾公在不?"看见校工也是这样问——他们本不是找校工。

称校工为"虾公",她必然不高兴。她是真心的怒,拉长涨得血红的脸,开口连珠炮似的骂:"你死爹死娘没学乖啵,有名有姓不叫。叫你猪狗、叫你乌龟、叫你王八、你应!"

经历了几次,大家晓得"虾公"是叫不得的,于是就说好听的。

"冬仂嫂真勤快,一大早就洗了衣服。"

"冬仂嫂真秀气,裤子衣服漂漂亮亮。"

冬仂大概是她的名字,校工这样叫。

人家称赞她,她会搭腔:"没什么!"眼睛眯成一条缝,手拉衣角,一个羞态,迷人状。有时高兴,她还会招呼大家进屋,拿出一些好吃的。

来人吃了东西,嘴巴就油了,不停地同校工媳妇开玩笑,说要同她一起过。她回敬:"死脸皮!癞蛤蟆!"骂是骂,她还是笑,于是挨骂的人也高兴。

校工媳妇对学生也热情。学生喜欢打闹,打闹之后,总是去她家，围住水缸抢水喝。抢得厉害时，她要学生排好队，把住木瓢，一个一个亲自喂。喝不及的，水流进鼻子里，水流进脖子里，大家一起笑。

几位住处偏远的学生，中午都是带饭来。装饭用竹筒，用餐时凉丝丝，校工媳妇就会帮他们热一热。当然，他们在路上必须捡些枯枝当柴火。柴火捡得多，她会端出自做的咸菜酬劳。她腌的柚子皮特好吃，又辣又香又爽口。

可惜她的病不久复发了，还打人。

她第一次打的是一位先生，这位先生几乎每天都去校工家。夏日的一个中午，校工不在家，先生被打出了门，衣服抓破了，脸上还带着指甲印。校工媳妇没有完，跳到学堂操场上骂："癞蛤蟆，摸老娘个奶，占老娘个便宜，瞎了你个狗眼。"

先生涨红了脸，埋头说："发了疯！"

这以后，没人再去她的家。谁去她都骂，谁去她都赶。

"不要进我家的门，没一个安好心。"

"欺负我这个可怜的人算什么本事，有本事到别人家去。"

学生自然也不再去她的家，他们是害怕。但他们又喜欢惹她，总远远地喊："疯子！"

她眼睛瞄瞄人，回道："你娘是疯子，你婆婆是疯子。"

学生就一起起哄："疯子的娘是疯子！"

她一边哧哧地笑,不屑再回话。

有一日,不知哪位学生叫:"虾公的老婆!"

校工媳妇一反常态,冷不防捡一块瓦片打过去,一边说:"烂嘴脱腮的,看你还骂!"

学生找到了刺激,说的人更多,如同唱歌:"虾公——老婆!虾公——老婆!"

校工媳妇更加气愤,抓起一把扫帚奋力地追。学生四处躲藏,远处又是唱,她就不停地追。躲的人欢呼,追的人疯狂。被追上的,挨一下不轻的;嘴甜的,靠近了连忙说:"冬仉嫂,我没说。"她就放过一个,继续追赶其他的人。

这种闹剧几乎天天有,一直到她死。

她的死也是出在闹剧上。

那是一次下课后,学生出教室,看见校工媳妇在家门口纳鞋底,顽皮的学生又叫:"虾公老婆!"起先是三四个人,响应的立刻增多。校工媳妇放下手中的活,抓起门口晒衣服的长竹杆,一阵风舞过去,见人就扫。学生一边叫,一边快乐地逃,更多的是吓得跑。一位三年级的女生着了慌,跳进了学堂前的小水塘。

"看你还往哪儿跑?"校工媳妇赶上,举起竹杆就要往下打。

"我没骂,呜——"女生哭出了声,一口水呛入了喉,慢慢地往下沉。

校工媳妇半空收住竹杆,正要追赶其他的人。不知何故,她走开两步又回来。

"没骂你跳塘做啥?"她一边说,一边小心用竹杆去挑。

塘里长满了荷花,转眼只见荷叶间一只小手在挣扎,不见人。竹杆起不了作用,校工媳妇"扑通"一声也跳了下去……

女生被救了。校工媳妇是过后捞起的。捞起的时候,她脚上戴着一串藕鞭,头发乱乱的,衣服都是黄泥巴。而她眼睛是自然的闭,显得极安详。

哑叔

我的故里是一个偏僻的穷山村,文化自然也落后。我启蒙的时候,村里仅有一名赤脚教师,十几位一二年级的学生同处一间民房里。三年级以后,我就读公社小学。公社小学离我村子六里路,每天都得起早摸黑,想想那时我一双短腿，也怪可怜的。

读书原不是我愿意的，父亲执意要报名，并且要求极严。记得一次小考，我的成绩全班倒数第二，父亲气得不得了，打断了两根细嫩竹，还找来一把竹扫帚，追得我团团转。我实在是无处躲藏，才逃进了隔壁小屋。

隔壁住的是一位单身哑巴，我们的本家。可谁也不知道他的名字，也少有人记得他有多大年纪。哑巴很少与人来往，除了出工，就是在家养鸡养猫养鸽子。他眼睛外凸，一副凶相，脸上则总挂着笑，露出不齐的牙，很丑陋。我们小孩都怕他，也最喜欢惹他，用石头抛他的瓦，弹弓打他的鸽子，一起起哄骂他死哑巴。响声是惊不动他的，他又聋又哑。

那天，哑巴坐在自家的院子里，正含笑抚摸腿上的大花猫。我逃命似的冲进他的小屋，花猫惊得蹿上了房，猫又惊得房上的鸽子扑扑飞。哑巴瞪着眼看我，我一把鼻涕一把泪，哑巴脸色转为铁青，随即抓住一根扁担，"哇哇"地冲着我父亲。我父亲没法再为难我了。

这夜，哑巴留我住了一宿，晚饭也是在他家吃的，他眯着眼在一旁看着我，碗底有两个荷包蛋。睡前，哑巴化了一碗盐水，用一块破布替我细细地擦伤口，我是又痛又痒又舒服。我睡在他的身边，他轻轻地拍着我的背，我沉沉地睡着了。

第二天一早,哑巴把我轻轻推醒,摸着我的头,送我出屋,很温情。不是要上学,我是不愿离开他的小屋的。

也就是这次以后,我没有再进哑巴的小屋,对哑巴,我竟又如从前。只是吃过人家的荷包蛋,伙伴起哄骂他时,我缩在同伴的后面。

倒是以后的每天早晨,几乎是同一时分,我都会被哑巴的吆喝声惊醒。吆喝声很怪,咿咿咿——像喂鸡食,声音响亮。以前我从没听到过。更怪的是,听到吆喝声,伸两个懒腰起床,出门总能看见哑巴背着柴筐往村外走。小学那几年,我太习惯了,跟着哑巴走,上课总正好。而星期天、暑寒假是听不到吆喝声的。

小学毕业,我稍知事理,对哑巴的恶作剧也少了。读中学,我在县中寄宿,一两个星期回村里一次,碰见了,不再叫他死哑巴,而是讷讷地喊:"哑叔!"他似乎听得懂,很高兴,频频地点着头,嘴里"哇哇"叫。

待我返校时,哑叔又总是守在村口,常常塞给我一个荷叶包,里面是他自己腌制的咸鱼干。

我考取了师范。有次接到家信,父亲带了一句:隔壁的哑巴死了。当时我一惊,但随即忘却了。

三十多年过去了,现在我偶尔会想起他,想起哑叔的咸鱼干:很咸有味,很辣开胃,真的好下饭。

一片枯叶

琵琶洲是个小镇,且偏僻,年年岁岁景致没有多少改变。

小镇三面环水,沿河有一凉亭,常聚一班退休老人,他们也总说些不变的话题。

童老爹是无日不来的。

有人也好,无人也罢,总是他来得最早,离开得最晚,风雨无阻。他不多言语,只看河街闲逛的男女,抑或看河面的涟漪,听亭后泡桐树上的喜鹊叫。

而谈及子女,童老爹也有话,并每每让人景仰。

他家三代单传,世袭铁匠。轮到他的儿子,却鲤鱼跳龙门,去了省城,大小还当上个干部,光宗耀祖。说起他的儿子,大家便会看他手上的紫砂壶。童老爹从不肯轻易松手,这是儿子的孝敬,他亲自捧到别人面前,能换到几句叫好声。童老爹回话:"没啥好!儿子工作的地方远,竖起来天般高,回家不方便。"口气自是夸耀,倒也带几分实情。

儿子本就回得不多，成家之后，更是屈指可数。孙子是在老家带大的，现在看看也困难，童老爹是无奈，只有惦记的份儿。偶尔接到一次儿子的电话，他会高兴好几日；如果听到孙子在电话里亲昵地叫爷爷，他更是喜不自胜。拿着孙子的照片，要相识的认认真真地看，等听到夸赞的话，脸上便露出灿烂的笑。

这两日，童老爹心情更佳，逢人便说："我儿子要带孙子来看我！"街坊老章搭话："孙子多大了？"童老爹颇为自豪："七岁。要启蒙了，特意回来看看我。""你老好福气！"老章赞一句，童老爹呷口水，一股甜意也流进了他的心里。

这天，儿子带媳妇、孩子回了家，门口围满了左邻右舍。童老爹欢天喜地地分糖递烟，一脸光泽。

第二日，童老爹还是一早来到了凉亭。老章问："怎么不陪儿子聊聊？"他笑笑："儿子累了！"自己一边打瞌睡。

又一日，童老爹还是一早来了。老章见了又问："不陪儿子？"他笑笑："他同学请走了。"

日日，童老爹照常来得最早，只是也回得早，神情确乎恢复了原样。儿子同学请了朋友请，在家待不长。

却有一日，童老爹来得晚，带着孙子。孙子泪挂眼角，他一副急相。见了老章便问："你晓得哪里有网吧？"老章说："县城有吧！"童老爹愤愤地说："该死的镇上怎么就没有一家？"说完就走了。

之后几日，凉亭不见童老爹的踪迹。

这一日，童老爹又第一个来了。老章随后到，告诉他："听说老王的儿子在装网吧！"童老爹一脸惆怅，迟迟才开口："晚了，走了。"老章说："不是说假期有二十天吗？"

童老爹若有所思，不愿再搭腔。看河街，仍有匆匆的过客，闲逛的男女；河面漂着一片落叶……

儿啊，回来吧

小孩跑到她跟前说："你儿子死了。"

吕大妈立即制止："快莫乱哇。吐口痰！"小孩说完就走了，她自己连忙朝地上吐口水，"呸呸！"

小孩在她面前说这话不是头一遭，吕大妈恼而不怒。

她柔柔地瞅眼不更事的儿童，想如果儿子在，孙子也该这么大了。她缓缓抬起头，目光移向远方，嘴里自言自语："小坤会回来的！"

小坤是儿子的名。自从小坤离开家，七年了，音讯全无。邻里说小坤肯定死了，当然是背地里说的。吕大妈坚信，儿子一定活着，就是不知躲在哪个地方。她常去公安局，查询全国意外死亡名单，没有小坤的名字，她长吐一口气，脸上露出不易察觉的笑。

吕大妈是悲怆的。儿子出走，她刻骨地痛。邻里记得，她经历过一次不幸，十四年前，小坤的爹为救落水学生，自己沉入河底。吕大妈中年丧偶，小坤是她的唯一，他们相依为命，母子情深。儿子怎么就忍心丢下娘不管呢？

本来，儿子从小乖巧，玩耍、读书，从不让娘操心。小坤大学毕业，有了和父母同样的职业。儿子戏称，父母是小学老师，他是中学老师，算是发扬光大。小坤离家的那一年，原计划办两件大事：结婚生子、为娘操办六十寿诞。

小坤还说，过上一年半载，买处独家小院，让家里的生活彻底改变，让娘过一个幸福的晚年。

"都是钱闹的！"吕大妈跟邻里重复了千遍："安稳的日子不过，炒什么股呀？"

小坤炒股她不知道，小坤借钱她更不清楚。后来吕大妈听说,儿子炒股亏了百万,怪不得债主上门追打他。

那些天,家里轮番来讨债的人,小坤惊魂落魄,坐立不安,晚上也不睡,常常半夜出门。吕大妈预感有事要发生,她片刻不离儿子左右。小坤跳过一次河,是她呼喊人救起来的,结果到底没有守住,儿子还是在她眼皮底下溜走了。

吕大妈开始以为,儿子很快会回来。可一个星期过去了,一个月过去了,一年过去了,仍不见儿子的踪影。吕大妈心里嗔怪儿子,为啥要躲避呢?无事不惹事,有事不怕事,天大的困难,母子连心,都可以克服啊!

债主是照例要来的。欠债还钱,这简单的道理吕大妈懂。再说,儿子造成这个局面,她也自责,"子不教,父之过"。她是娘,也是爹呀。所以,吕大妈做出一个重大决定——替儿还债。

吕大妈用本子,记录上门讨债人的姓名、电话、欠款数目。不上门的债主,她也逐个落实:有欠条也好,无借据也罢,吕大妈都认账,合计欠款竟然七十二万。还!砸锅卖铁也要还!

要还这么一笔钱,真不是容易的事。吕大妈退休工资三千,手上也没有积蓄,她首先想到变卖老屋,自己租住隔壁的杂物间。凑起来的钱,还了部分欠款,但还差得远呢。

吕大妈决定打工赚钱。曾为人师的吕大妈实在没有其他技能,她找到的第一份工作是晚上护理植物人,每隔两小时为病人翻一次身。她担心病人出事,通宵不敢瞌睡,口含干辣椒硬撑。累真累,可薪水高,吕大妈愿意。可是,这份工作很快就没有了。

后来她去饭店,洗碗洗菜拖地,每天工作十二小时。饭店离家远,每天起早摸黑,跑个来回。家里只剩下一件像样的家当——自行车,儿子上班用的,她没舍得卖,正好派上了用场。

偏偏屋漏逢阴雨,吕大妈在饭店干了小半年,一日骑车不慎摔倒,右腿骨裂,工作又丢了。

这以后,吕大妈干脆卖小吃,也捡破烂。当然,吕大妈有讲究,捡破烂时穿着随便。卖小吃时,衣服虽旧,却干净整洁。吕大妈油炸麻花,不用地沟油,白天她把炸好的麻花分装好,晚上搭着熟花生,在夜市大排档流动叫卖。

为了还钱,她没买过一次肉,也没做过一件新衣裳。尽管如此,吕大妈还心存感激。她说:"我要谢谢债主,让我慢慢还钱。有的债主非常好,说钱不多,不让我还,还给我送衣服送鞋。平时我在大排档卖小吃,有好心人朝篮子里塞钱,却不拿东西。这世上,还是好人多!"

过去了七年,吕大妈一笔笔销账,欠款差不多还清了。虽然千辛万苦,但吕大妈觉得值,无债一身轻。但她轻松不了,没有儿子的消息,她心里依然沉重。吕大妈身体越来越差了,她担心有生之年,看不到儿子的归来。

她得了白内障,看已经看不清了,腿脚也不利索。吕大妈空时搬把竹椅,坐在杂物间的门口,听路上来往的脚步声。门前的路是去老屋的必经路,她多么希望能听到儿子熟悉的脚步声。

要一次体面

好多天了,霏微的细雨,如轻纱薄翼的幕帘,重重叠叠地从天穹蒙罩下来,夜色便降临得早些。

又挨过去了一天。

生命如此顽强,老太滴水未进,气若悬丝就是不息。输液是肯定的,盐水而已,一切药物都停止了。老伴守候床边,双手握住老太正在输液的手,一边抚摸她粗糙的手掌,一边喃喃细语:"命咋就这般苦呢?日子刚刚好起来,你倒成了这个样子。"

老太毫无知觉，仿佛沉睡，就那样平躺着，骨瘦如柴。生命到底脆弱，上个月老太还是好好的，突然咽不下食物，去医院检查，诊断出胃癌，竟是晚期。住院期间，老太感觉自己每况愈下，便执意出院回家。

出院，老太不愿花冤枉钱；回家，更是老太最大的心愿。这里的风俗，人死在外头是不准抬回家的。老太担心，辛辛苦苦一辈子，不要到头了死在外面，成为游魂野鬼。

老太对家有太多太多的情怀，瓦房虽旧，可毕竟有天有地，她在这里哺育了两代人。虽然儿子是简单拉扯大的，反而有出息，都去了省城高就，让半条街都羡慕。大儿子生小孩，请她去帮忙。住进高楼，鸽子笼似的实在不方便，她干脆把孙子抱回家。小儿子有了小孩，也要她帮忙。"好哇！宝宝送回老家来养。"

还免得牵挂同样不肯出远门的老伴。

老两口可谓相濡以沫。年轻时，家境穷，全靠男人拉板车生活。女人忙完家务，弄好饭，安顿了儿子，每天要给男人送午饭。送了饭，她就整个下午跟在板车后面，搭把手用力推。货场距码头七八里地，每天往返好几回，男人腰疾是那时得的。女人有一餐，忘一餐，也落下个胃病。

老太吃不下东西，起先以为犯了老毛病，住进医院才知道严重。老伴征求她的意见："叫不叫儿子回来？"老太说:"儿子工作忙,先不惊动他们吧。"她心里倒是更挂念孙子,孙子带到学龄前就接走了,每年春节回来都有变化。老太想到孙子就想笑,他们都把家乡话忘记了,回来说话洋不洋、土不土。

连日阴雨绵绵,老太日日消瘦。老伴问过医生,医生估计能拖半年。他还是悄悄同儿子通了电话,故作轻松:"你娘病了,有空回来一趟,不急!"

不承想,老太出院没几天,就昏迷不醒。

匆匆赶回来的儿子看见母亲已经这样了,心里自是十分悲切。儿子簇拥床前,想母亲的好,想母亲省吃俭用一辈子,不及回报。"怎么就没想到趁早带母亲检查呢?哪怕多回家两趟也好。"儿子懊悔地跪在母亲床前。

父亲催促儿子:"不要耗在这里吧,赶快张罗正事。"

预感一两天的事,父亲交代,后事就由儿子处理。儿子们暗暗发誓,母亲没有过一天好日子,送走母亲的时候,一定要让她体体面面。

大儿子选墓地,花钱不是问题,但一定要是风水宝地。媳妇负责筹办寿衣,布料要贵,内外全新。小儿子联系哭丧班子,到时送葬的仪式必须轰轰烈烈。

遗憾的是,寿房店出售的棺材偏小偏窄,一点也不气派。买木材打副大棺材已然没有时间,儿子们又戚戚起来。

大红的 T 恤衫

老邹年龄不算大,六十出头,身体没毛病,他竟然在"满忆乐园"办妥了手续,准备择日搬过去。满忆乐园是半公半私的养老院,县城第一家。院长说:"满忆乐园服务包你满意,伴你快乐地回忆人生。"

"扯卵淡!"老邹心里暗骂。

对于逝去的大半生,老邹不堪回首:出生于自然灾害年代,成长于动乱时期,高中毕业上山下乡,返城工作低收入,恋爱提倡晚婚,结婚计划生育,育儿高消费,临退休下岗再就业。

老邹"再就业"就是带孙子。那时老伴已退休,俩人一块儿去的,老伴出现状况才回到老家。

儿子定居长沙。他原本分配在上海,女朋友是大学同学,长沙人,儿子隔年追了过去。老邹自己脑海里找到安慰,儿子不肯返回江西的小县城,终归离家近了许多。最大的好处是儿子购置婚房,如是在上海,剥了老两口的皮也帮不了几个平方米。当然,长沙的房,女方家也有资助。

老邹把全部积蓄贡献了出来,心里仍有歉意。转眼孙子出生,老两口早有准备,只要儿子需要,他们全力以赴。

都说带孙子是天伦之乐,这没法儿否定。

其实,做爷爷奶奶真心不易,尤其做全职的爷爷奶奶,涉及家庭方方面面,主不主,客不客,处境尴尬——家家都有一本难念的经。矛盾有大有小,没有例外。

老两口在长沙带孙子,还包揽全部家务,洗衣弄饭,连儿媳的内衣也是老伴洗的。这都不是事,问题是他们心安理得,没有一丝感激。比如儿媳妇,始终一副高冷的脸,五年来不叫一句爸,没喊三声妈,有事让儿子传话。

老邹问过儿子:"小杏是不是瞧不起我们小地方的人?"

儿子解释:"她就是不爱叫人,心思不坏。"

还能说什么呢?相由心生,老邹不往下说是担心挑拨了儿子夫妻关系。

如果不是老伴劝,老邹早回家了。老伴特别能忍,只要孩子过得好,不看僧面看佛面。儿子是"僧",孙子是"佛"。

岂料第五个年头,老伴全身乏力。看了两次医生,她跟老邹说:"我们还是回去吧,不要在这里越帮越忙。"

老邹答:"好!"

同儿子商量，儿子也同意。

现在有个可怕的现象：平时好端端的人，一旦生病就是大病。老伴的病也是急骤爆发，回到老家半年就走了。

儿子回来办完丧事，问老邹："以后你怎么办？"

老邹说："我帮不了你们，你们也莫管我。"

老两口在医院病床上曾经闲聊，以后不指望儿子了，儿子也确实顾不过来。老两口商定，等老伴出了院，先出去旅游，再寻好友结伴养老。

好友还在外面，也是做爷爷、做外公，他们过得好吗？

现在老邹生活很简单，每天醒来刷下朋友圈，链接国内外大事，或养生，或鸡汤。这些内容他也不全看，回应点赞的更是无几，久了寡味。

吃个鸡蛋，泡杯奶，出去遛弯儿，顺便买点菜，回家弄中饭。饭后打个盹儿，再出门，去公园。

公园一班老人打麻将，他不参与。老邹的爱好是拉二胡，水准相当高。以前老厂会演，老伴独舞他伴奏，两人也是因此好上的。

多年没碰二胡，又没别的兴趣，老邹总是坐在独处，看树叶飘落，听小鸟啁啾。他去得早，回得最晚，实在不愿回家弄晚饭。

听说满忆乐园开张，老邹跑去好几趟，那里环境不错，服务设施齐全。他动心了,想起过往,返城、加工资、分福利房,次次都是末班车,眼瞅着养老,要占个先机。

挑选一间宾馆似的标房,费用挺高的。儿子不再需要他资助,他也不给儿子添负担,住房卖了,略有结余。

搬家前把儿子叫回,老邹说:"你看看家里有没有需要的东西,不要就当废品卖了,我只需床上用品和衣服。"

儿子帮忙整理衣服时,突然反应过来,父亲天天穿同一件T恤衫,大红翻领长袖,褪了色,有补丁,针脚明显。而柜子里四季的衣服并不缺,虽不新,没有更旧的。

家电、家具、用具、瓶瓶罐罐等,辛苦积攒下来的,一大堆,丢了可惜,留着没用,忍痛处理吧。

儿子翻开一本相册,有自己逐年成长的照片,父母年轻时真好看。他目光在一张父母旅游照片上愣住,父母穿的是情侣衫,正是那件大红的T恤。

老姜

姜遇安过了花甲，没啥看不开了，他好日子过过，苦日子也过过，无非三餐饱饭的事情。他祖上经营药材，家财万贯，在爷爷手上衰败了。解放后，父亲彻底改行务农，不会耕种，做了村办会计。好在有这些变故，他的家庭成分被评为"下中农"，避免了后面各种磨难。所以嘛，前好后好说不定的！话说回来，瘦死的骆驼比马大，姜家底子厚，三年自然灾害，人家挖野菜、捡田螺，他父亲在床底下挖现洋，偷偷换回口粮。那时姜遇安还小，不谙世事。轮到他持家，娶了女客，小孩接二连三地出生，生活全靠工分，日子艰难。

不管怎么说，儿女总归拉扯大了，米缸有米吃点稠的，少粮就吃点稀的。爷爷讲过，祖上有钱的时候，也不是每天吃肉，不是每天吃干饭。况且，鄱阳湖畔，鱼米之乡，山上水里有填肚皮的，只要肯起早摸黑，都饿不死。

姜遇安比父亲勤快多了！

他与父亲还有不同，就是老姜非常爱惜祖上传下来的东西。值钱的物件被父亲卖光了，瓦房还在。难得父亲聪明一回，当时要求铲除梁上雕刻的木像，父亲用黄泥巴抹平应付了过去。后来老姜一点点抠出黄泥巴，擦净，重新描金，雕梁保存完好。堂前八仙桌配套的一对太师椅，平时一定搁在阁楼上，过年时才肯搬下来坐一下。

其实这对太师椅简单，就是框架扶手椅。祖上原来一对鸡翅木，透雕荷花嵌大理石靠背太师椅，雅观大气，被父亲换了一担稻谷。

阁楼还堆放了一些什物，簸箕箩筐、木桶竹床，都是破旧的东西，老姜舍不得丢。整齐摆放的二十几只小口大陶坛更是他的宝贝，里面装满老姜收集的橘子皮。爷爷告诉他，橘子皮是调味品，又是配方不可或缺的一味良药，益气化痰和脾，能治百病。

村后大片丘陵，老姜名下有十几亩坡地，他全种了橘子树，冬季施肥培根，入夏枝条硕果累累，只是果实青而无味。也好！姜遇安记得爷爷的话，专门收集橘子皮，亲自采撷、剥皮、晒干、大锅翻炒、封坛保存。偶有红透的橘子，他也送给邻里品尝，不过橘子皮一定要收回。

橘子皮与果瓤很容易分开，但有讲究。先用指甲在橘子底部抠开一个小口，用力分为两半，又把两半一分为二，撕成四瓣，取出果瓤，果皮上部不断，合拢来依然像完整的橘子。

老姜的老伴很熟练，女儿也会搭把手。他有两个女儿、一个儿子。儿子最小。儿子小时候，娘舍不得他做事，他就在树林里蹦来蹦去，间或采来狗尾巴草，插在蹲在地上剥橘子的姐姐发梢上。

女儿出嫁了，老姜希望儿子帮把手。儿子不愿意，说："你留这些橘子皮有啥用？没看你卖一分钱。"

老姜说："你懂啥，橘子皮是放得越久越好，所以叫陈皮。"

儿子已经长大，有自己的想法。他说，砍了橘子树栽葡萄，办采摘园，收益快。

老姜懒得搭理，儿子只晓得图眼前，目光短浅。

父子观念不同，冲突在所难免。父亲除了固执地收集陈皮，主要精力都放在几亩农田上，日出而作，日落而息；母亲养两头过年的猪，养几只生蛋的鸡，典型的小农经济。儿子看见村里盖起一幢幢水泥楼房，心里痒痒的，他决定也去广东打工赚钱。

儿子出去闯荡一下是好事，老姜不反对。他交代："有心在哪儿都有机会。你记住，饭是一口一口吃的，莫想一口吃成大胖子。"

儿子出去了半年，又悄悄回来了。他兴高采烈地告诉父亲一个特大喜讯，广东陈皮市场价比黄金。

老姜并不诧异。他说："我知道呀，那是放了八十年以上的陈皮。"

儿子说："三四十年的陈皮也卖好几万一斤。"

老姜摇摇头，告诉儿子："南方橘子北方叫橘子，都能做陈皮。药性最好的是广东新会出产的陈皮，就如人参是长白山的好，价格也最高。"

儿子当即说："反正外观都一样，我们就当新会的陈皮卖。"

老姜面露不悦，说："家里的陈皮到底值些钱，我生不带来，死不带去，迟早都是你的。"他停顿了一下，继续说："你也不要想歪了，新会陈皮做工特殊，切三刀分三片，我们全部是手撕四片。"

老崽

琵琶洲的习俗:最小的儿子称老崽。是昵称,自然也最受宠。

三婆婆的老崽不是老小,是老大。

她有三个儿子,老二、老三赛着长,唯老大只长个头儿,不长智力。许是这个原因,三婆婆的大儿子,被叫成了老崽。

老崽喜欢热闹,有玩童集聚的去处,他总凑一个,却总是哭着回家,大小玩伴都能欺负他。三婆婆知道,决不善休,轻的骂两句,重的便愤愤地牵着老崽去讨门告状。打了人的孩子家长一定会拧着自家儿子的耳朵,当面赔小心:"欺负人,老崽也欺负得吗?"

"算了算了,下次不要欺负老崽了!"三婆婆讨得个理,倒也容易原谅。

只是老崽遭玩伴的欺从没间断过。三婆婆讨门告状告了三十年。欺负人的孩子家长,现是祖辈,同样会拧着自家孙子的耳朵,当面赔小心:"老崽也欺负得吗?论辈分,他可是叔叔！"

"是呀，是呀，下次不要欺负老崽了！"

三婆婆这话几十年没变，口气完全是求饶的。还能怎样说呢？她心里实在有本难念的经。

丈夫是壮年死的，别人不说她克夫，三婆婆也觉得自己八字不好，不然老崽怎会这般模样。拉扯大三个儿子不容易，老二、老三翅膀硬了又飞了，只留下个老崽。

好在身边还有这么个老崽！

三婆婆年逾古稀，做事没以前灵便。老崽有的是蛮力气，担水劈柴如玩把戏。

"老崽，去买菜！"三婆婆叫一句，老崽就拿着菜篮子，雄赳赳地跟在后面。老崽听话帮力，三婆婆还求什么？

何况，老崽还会热闹。"叮叮叮……"自从老崽知道用筷子敲得碗响，每天都要敲的。三婆婆从不制止，喜欢听，"叮当叮当！"声音有她听出的节奏，不落寂寞。

有一段日子，老崽又喜欢看汽车。家门口就是马路，老崽总是一个姿势地站在路边。车来了，他高兴地拍巴掌；车去了，他仍在尘埃中快乐地喊着："汽车嘟嘟叫、汽车嘟嘟叫……"

笑声比哭声悦耳，三婆婆常常探出头，冲老崽由衷

地笑。

可今日三婆婆脸上布满愁云。夕阳中，她分明看出老崽明显有了老态，她似乎还是刚发现，老崽脸上的皱纹与自己差不多。

把老崽叫进了屋，三婆婆同他面对面坐着。老崽仍在快活着，三婆婆心里楚楚地痛。她对老崽说："我死了你何样活？"

"我死了你何样活。"

三婆婆一惊，老崽的回话倒也是人话，她向来觉得老崽是极善良的。

"那你要好好活着！"

"那你要好好活着。"

三婆婆又暗伤起来，看着老崽，默默无言，长久长久。

暮色侵了过来，天暗了，又黑了。三婆婆叹口气，说："吃饭吧！"

"吃饭吧。"

老崽也说一句，就去拿碗拿筷子，于是沉闷的屋里响起急骤的叮当声。

"叮当叮当叮叮当！"

半座桥

邻里宽伪

南门有条老街叫"半边街",不足二百米,一边是河堤,一边是民居。河堤一排盘根的老柳树,雀儿整日啾鸣。临街三十几户人家,后面是斜坡,房屋顺势而建,鳞次栉比,一色的木柱瓦房。后面人家进出,必定经过旗杆弄或篾丝弄。两条小巷好似分界线,把半边街分成三个小区域。

有趣的是办喜事,凑份子随礼的街坊都是一个区域的邻里,没有特别关系不会越界。

随礼是老住民延续下来的风气,份子钱不多,视红喜事、白喜事,五角六角不等,目的是捧场面。平时来往密切的,另外出点力气:拔草扫院子,借桌子搬板凳,接插头挂灯泡。开席的时候,每家只派一个代表上桌。

而无论谁家办喜事,总能看见一个人——宽伪。

宽伪不随礼,也不出力气,只要听见噼里啪啦的爆竹声,他就来了。不仅半边街,南门以外的地方,宽伪也会跑去,嬉皮笑脸,院子角落寻个空位坐下来,狼吞虎咽,酒足饭饱走人。

主人看见了,见怪不怪。酒席是弄给大家吃的,多双筷子多张嘴,犯不着节外生枝。况且,大家都知道宽仂这个人,他从小就这样子。

宽仂家只有父子俩,家住旗杆巷子口左边第三家,最矮的一间房。住房又当作坊,简陋杂乱。居委会检查卫生,总在他家门口贴张"不清洁"的字条,宽仂不等人走远就撕了。

他父亲白天不在家,他是位手艺人,专门制作饭甑、火盆、脚盆、水桶、马桶等圆木器具。这些家庭使用的器具被钢精锅、搪瓷盆和塑料制品逐年替代,他父亲的生意越来越淡,每日挑担工具走村串户,揽些修修补补的活。

宽仂从小自己焖饭,自己洗衣服。他没有上学,无事就在南门荡悠,口袋藏把弹弓,射树上的鸟,射电线杆上的路灯,射邻居矮墙上的猫。他顽皮是出了名的,天不怕,地不怕,就怕父亲提前回家。

我们在河堤柳树上捕蝉捉金龟子,突然听到他的父亲喊:"宽仂回家来——"宽仂"嗖"的一下从树上溜下,闪电般跑了回去。

隔天发现他身上青一块,紫一块的。

宽仂在家挨打是常态,在外则喜欢欺负别人。他找玩伴要吃的，红薯呀，荸荠呀，黄瓜也行。但宽仍不敢欺负我，我哥读初中，力气比他大。

很多家长不让小孩跟他玩，我的姆妈也拿宽仍说事，"人要脸，树要皮"，嘱咐我们出门要察言观色，要学乖，莫要讨人嫌。姆妈还说："宁愿跟着讨饭的娘，不要跟着当官的爹。"我不明就里，后来明白姆妈是同情他。

姆妈送过很多次腌制的柚子皮给宽仍下饭，好心的邻里也会送他一些旧衣服。在邻里的眼里，宽仍是个可怜的人。

我读初中，他学徒做了木匠。

宽仍学木匠，不是做他父亲的那种圆木活，是打四只脚的家具：高低床、衣橱、碗柜、桌子、板凳等。

有次上学，我拐去他家，宽仍打着赤膊，猫腰在马凳上刨木头，满地刨花。他体瘦个儿矮，很吃力的架势，我要过刨子试了试，推不动。宽仍把我推开，用羡慕的口气说："走吧走吧，读你的书去！"

我读高中时，国家恢复高考，学习紧张了起来，我们再没玩到一起。对了，我读大学，宽仍送了我六件木制的衣架。

大学毕业，我留校任教，回家不多，偶尔碰见他，宽仍同我点个头，转身就不见了。我问过一次哥，哥哥说："宽仍的木匠活赚不到钱，召集了几个人，组了一个洋鼓队，专门帮人家办喜事，有吃有喝了。"

上个月伯父去世，我回去奔丧。伯父过了九十，高寿，是白喜事，葬礼必须热烈，请来的洋鼓队正是宽仂领头的。

伯父家与我家隔壁，都在篾丝弄。

宽仂要随礼，颇意外。他住旗杆弄，说跟我们也是邻居。

伯父入柩时举行了一个小仪式。宽仂指挥洋鼓洋号，吹奏哀曲、放鞭炮。曲毕，宽仂站在棺柩前面说唱：

日落西山又转东 / 水流东海不回头 / 纵有黄金堆满屋 / 难买长生命一条。

盖棺的时候，宽仂又唱了一出：

日月穿梭催人老 / 带走世上多少人 / 说地亲 / 地也不算亲 / 地长万物似黄金 / 百岁光阴容易过 / 哪有白发转颜童。

想不到宽仂有这本事，仪式庄重有序，说唱声情并茂，催人泪下。

半座桥

蛮子德仂

在万达超市门口,有人跟我打招呼。抬头,"蛮子——"我脱口喊出他的外号,立刻改口:"德仂!"我们好久不见,搭肩聊起家常。

我们是曾经的同事,在一家中大型企业上班,一个车间一个班组。蛮子德仂的大名叫刘德彪,五短身材,敦实,有几斤蛮力气,却喜欢打篮球,弹跳好,助跑摸高指尖可以触到篮板。

当年,我们从不同的部队退伍,被安置在一个厂,住一栋集体宿舍。刘德彪是本厂子弟,父母是老职工,生活区享有福利房,按规定,他是不能住集体宿舍的。可他哥哥刚结婚,也是厂里员工,正排队等待分配房子,暂住家里,刘德彪借故搬了过来。

刘德彪跟我们住一起,很少回家,吃饭也是挤食堂。他父母好像不怎么过问他的事,在乎他的哥哥。他哥哥人高马大,很帅气,大学毕业分配在厂里的科室,是时代宠儿。刘德彪不同,一线工人,个儿矮,脾气怪,凡事喜欢争个输赢,为此落个"蛮子"的外号。

记得一日傍晚,大热天,我们一伙人穿短裤打赤膊,坐在宿舍前面的台阶上乘凉,聊女人,聊到古代四大美女。有人说:"杨贵妃肥胖,其实长相不好看。"刘德彪搭话:"古代四大美女的美不在外表,是心灵美。"大家转而揶揄他,刘德彪奋力反击,滔滔不绝,找出颇多的理由支撑自己的观点。最终大家不得不服他,是口服心不服:"算你蛮!"刘德彪不无得意地说:"我蛮是蛮,但蛮得有道理。"

此后,便有人喊他蛮子。刘德彪竟然爽快答应,不怒不恼。当然,喊他蛮子是在宿舍里,上班时间,我们还是叫他德仂。

蛮子叫出名,是因为另一件事情。依旧是在宿舍前面的台阶上乘凉,德仂又同人杠上了。都说自己当兵时军事素质如何过硬,扯到前滚翻。德仂说:"我可以连续翻滚一百个,不歇一口气。"那人说:"别吹牛!你从这里翻到办公楼,给你五块钱。"

德仂跑回房间换了一身工作服,气壮胆粗:"当真?"

那人掏出五元人民币,高高举起:"当真!"

德仂再无二话,摆好姿势,屈膝,重心前移,两腿蹬直离地,同时低头含胸,头的后部在两手支撑下着地,团身向前滚翻,动作规范。

宿舍距办公楼大约百米远,水泥地。德仂开始翻滚的时候,那人就大声叫唤:"快来看喽,蛮子为五块钱表演翻跟斗。"

围观的人越来越多,里三层,外三层,跟随德仂的翻滚一起向办公楼挪动。

德仂中途几次直起身喘气,但没有明显停顿,翻到办公楼时,脸色非常苍白。

"真是蛮子!"大家议论纷纷。

这件事轰动全厂,德仂出了名。

他父亲听说这件事,把德仂喊回家狠狠骂了一顿。他的哥哥也非常生气,觉得弟弟让他颜面扫地。

哥哥已被提拔当了企管办的副主任。

德仂并不觉得有什么不妥,活动一下筋骨而已。他用赚来的五元钱请同寝室的室友吃排档,炒螺蛳,喝啤酒,闹腾了一夜,花了十三元。

其实,德仂工作起来非常认真,也有一股子蛮劲,他是我们的值班长。

遗憾后来我们的企业倒闭了。

我们企业是计划经济时兴建的,产品单一,进入市场经济年年亏损,企业被迫改制,员工分流或自谋职业。我和德仂各奔东西。

听说他哥哥混得很不错,第一时间去了广东东莞,与人合办了一家加工厂,聘用了我们原单位的很多熟练工,企业办得风生水起。

德仂没有离开本地。找过工作,因为请假不方便,辞了,干脆买辆摩托车跑"摩的"。

在超市门口相遇,原来他在守候打的的客人。

我问他:"为啥你不去哥哥那里谋个职?"

德仂说:"老爸老妈八十多岁,经常去医院,我们都走了,谁照顾老人?"

"哦,那你哥哥平时会出点血吧?"

"我要他的钱干吗,我有手有脚有饭吃,不差钱。"

我递一支香烟给他,德仂摆摆手:"戒了!"

这时有人喊"摩的",他撒腿跑了过去,扶人上了车,打着火,回头朝我挥挥手,给了我一个灿烂的笑容。

半座桥

老街坊

微风渐渐,带着滚烫的气息,连窗外飘进的蝉声似乎也热烘烘的。老余头喝了半杯热茶,全身冒汗,干脆脱掉上衣,端坐在木头沙发上,抓起一把蒲扇上下摇动,身上的赘肉一颤一抖,这才感觉到一丝凉意。

老伴坐在矮凳上,低头拾掇韭菜。抬头,看见老余头赤膊上身,略有讶异。她嗔怪地说:"没一点形象,不怕小的笑话?"

"谁笑话?谁会来?"

自从住进电梯房,小的难得回一趟。

儿子好意,说改善生活环境,特意为他们买了套小户型。公寓环境不错,绿树成荫,花草茂密。只是这里家家关门闭户,见不到熟悉的人影。住在公寓,就像关进了鸟笼——枯寂。

按说,老余头理应心存欢喜。儿子事业有成,贤妻在侧,日子无忧,餐餐喝点小酒。但他总觉得缺少些什么。

老余头穿好衣服，拿杯水，出了门。

他习惯坐上九路车，终点小南门。

小南门是一条傍河的旧街，老余头生长的地方。他的祖屋还在，临街，租了出去。旧街列入棚户区改造计划，拆迁还需时日，这里暂且成了食品、文具批发一条街。

每次来这里，老余头都看见少婆婆倚坐在自家门柱旁。她家与他祖屋对门，院落二进，中间有天井，后院很宽敞。少婆婆前厅也改成了店铺，租给了别人。老余头记得她后院有两棵柚子树，孩提时常玩耍的去处。后院开扇栅门，拾阶而下便是河。早先邻里洗衣裳，大都从少婆婆厅堂径直穿过。

如今，年纪大的街坊走的走了，同辈的也大多随子女搬迁了，熟悉的面孔所剩无几，看见少婆婆总觉亲切。他凑上前喊："少婆婆！"

"呵，进屋喝口水！"少婆婆抬起头，每次回的都是同样的话。

这不是客套，少婆婆有这个习惯：天亮烧壶水，备有茶缸，摆在厅堂的小桌上，任由过往的行人歇脚解渴。

少婆婆老得可以，跨九十岁的人，除了腿脚不便以外，耳聪目明。说来奇怪，少婆婆与老余头的母亲年龄相仿，他打小就叫她少婆婆。少婆婆的儿女也喊他的母亲为三婆婆。小南门一带,婆婆是敬称。老余头父亲排行老三,所以母亲被叫成了三婆婆。少婆婆不姓少,是不是她夫家以前殷实,抑或娘家有钱,少奶奶叫成了少婆婆?

老余头还是余毛头的时候,其实少婆婆的家境平平,子女四个,仅丈夫有工资。为补贴家用,少婆婆闲时绣花。她绣的枕头、鞋面、鞋垫都是嫁女必备的嫁妆,图案一律吉祥喜庆:麒麟送子、凤凰戏牡丹、喜鹊登梅等,少婆婆绣得惟妙惟肖。

少婆婆应该念过私塾,识字懂礼数。那时邻里之间和气,无事串串门,家长里短。而聚得最多的人家就是少婆婆家了。

余毛头跑少婆婆家最勤,一天好几趟,方便。其实还有一个原因:少婆婆的小女儿与他同龄,是玩伴。他们玩伴五六人,女孩仅她一个。

女孩不爱跳皮筋,喜欢跟男孩捉迷藏。她总是躲在明眼处,谁同她一伙,准输。余毛头去东山岭捉金龟子,她也跟着去,却又怕得要命,哭着鼻子求他捕蜻蜓。

他们玩得最多的是"过家家",在柚子树下搭台,造锅造灶。捡些大瓦片装菜,小瓦片盛饭;嫩草当青菜,碎石当肉丁,沙土当米饭。大家折枝执筷,假装吃得津津有味。过家家有分工,角色各不同。女孩当然扮娘,余毛头争着扮爹,其他人只能扮儿子,个个欢天喜地。

夏日的夜晚,家家户户门口摆出竹床,是一道风景!小南门街面窄小,两边竹床一摆,街心只能容一人通过。余毛头睡在自家的竹床上,女孩也睡在自家的竹床上,两人头对头,一起数星星。

"流星!流星!"余毛头突然惊呼。

"哪里?哪里?"女孩连忙爬起,举目张望。

流星一闪即过。

童年的一幕一幕,老余头记忆犹新,温馨快乐。他记起女孩曾悄悄同他说过:"长大做你老婆好不好?"

…………

老余头突然把话打住。老伴兴致正浓,问:"后来呢?"

"后来?后来娶你了,我们在小南门生儿育女,你比我混得更熟。"

"我问那女孩,好像没见过。"

老余头沉默了一会儿,说:"听说她也住在这个小区,可我们从没碰过面。"

半座桥

南街小组长

琵琶洲地处鄱阳湖东岸,是个偏僻的小镇。这里的百姓多为手艺人,造船织网不捕鱼,他们持商品粮户口。小镇有居委会,每条街道任命了一名小组长,南街小组长是舒婆婆。

舒婆婆同隔壁大妈没什么两样,在家也是洗衣弄饭带小孩。她年纪不大,小儿还在读初中,大儿倒是在部队提干了,结了婚有小孩。许是这个缘故,邻里把她叫成了舒婆婆。

当了小组长,事情更多了,比如召集居民开大会、组织街坊大扫除、防火安全检查等。南街清一色的木瓦房,防火是重点。

每天断黑,舒婆婆举面三角小红旗,拿只铁皮小喇叭,在街上来回高喊:"各位街坊,邻里之间,相互关照,小心火烛,防火防盗。"

她老公嘀咕:"一个小组长,不是正式编制,又没有工资,瞎起什么劲？"

舒婆婆沉下脸,连珠炮似的反问:"什么编制不编制？什么瞎起劲？大家的事总得有人做吧？"

老公不再作声,他是老实巴交的木匠,难得在家,家里舒婆婆说了算。

当然,舒婆婆也有消极的时候,那就是召集居民开大会。当年开会是常态,邻里自带板凳,簇拥她家。舒婆婆住处有个公用的大厅堂,是开会的固定场所。这里说明一下,舒婆婆没有房产,住房是解放前一户财主家的,颇具规模,前后二进,中间有天井。现在房屋归了公,前后的东西厢房都住了人,舒婆婆是租户之一。

如果集中学习也就罢了,舒婆婆最怕开批斗会。斗争的对象永远是两个人:一位是这房屋的原主人,罪状是旧社会剥削人；另一位是王老太,反革命家属,丈夫做过保长,被枪毙了,本人没有什么劣迹,又年迈体弱,是陪斗。两人挨斗时,都在天井罚站,有时也罚跪。

舒婆婆总是不忍,瞅个机会递把椅子给王老太,嘴里说:"你年纪大坐下来,态度要端正。"

其实街坊清楚,平时舒婆婆就对王老太网开一面。她家的剩饭剩菜都是送给王老太,她让儿子帮她担水,间或亲自抓两片肥肉给王老太当猪油。

王老太确实可怜，孤零零住在南街最西头。她年过花甲，没有经济来源，头上戴顶"帽子"，享受不到五保户的待遇，只能靠捡破烂维持生计。

　　舒婆婆公开表示："都是一个街道里的人，我是组长，我不管谁管？"

　　想不到更惨的事还在后头。这年秋天，一把火把王老太的家烧得精光。

　　火灾是她烧饭时引起的。好在火灾发生在白天，没有殃及她人。

　　废墟还在冒白烟，王老太回过神来，坐在地上号啕大哭："作孽啊作孽，我不活了，天收我去吧！"

　　舒婆婆在一旁，陪着掉眼泪。

　　大厅堂的角落搭张竹床，翻出几件旧衣裳，舒婆婆把王老太安顿了下来，每日三餐也是她供应。

　　有邻居窃窃私语："看舒组长能坚持几天？"

　　大出意外的是，舒婆婆做出一个惊人的决定。她家不是准备造房嘛，就建在王老太的地基上，用她的地，管她生老病死。

　　舒婆婆征求王老太的意见。老太太眼泪簌簌，激动得说不出话，只有一个劲儿地点头。

　　消息传出去，南街哗然："原来舒组长早就安了这个心，老太婆病快快的，又受到惊吓，活不了几天。"

舒婆婆把那些话当成了耳边风，选定日子如期开工。她建的是简易房，很快就造好了。举家搬迁的时候，舒婆婆把王老太领进新屋，正儿八经地对家里人说："老太太是我请来的，你们要把她当自己的亲人。"

左邻右舍渐渐发现，自从住进新屋，王老太身体明显好转。他们经常看到，舒婆婆陪着王老太在门口晒太阳，她的小儿子会搀着王老太散步。

王老太活过了七十三，善终。说善终，除了舒婆婆一家悉心照料，也因为最后两年她不再受限制。王老太可以自由走动，逢人便说："我遇到活菩萨了！"

舒婆婆送走了王老太，在琵琶洲又住了些年头。南街改造成商业街，她便和老伴随儿子去了省城。舒婆婆大儿子官至将军，小儿子大学毕业留校任教，老两口有时同大儿子住一起，有时同小儿子住一起，时间不固定。

半座桥

儒学前小吃店

"儒学前"是一条巷子,因明清时期建立儒学馆而得名。南街有许多古巷:三都试馆、榜眼巷、花园巷、铁井巷等。大家熟悉的只有儒学前了,那是因为特色小吃。

有朋自远方来,要品尝当地特色,首选儒学前。四尺宽的巷子,两排老瓦房,青砖墙缝冒出几株凤尾草,鹅卵石铺就的路面,每天停满了自行车。

原先这里只有一家店,邻居看生意红火,陆续跟样卖小吃,也有专门过来租屋弄吃的的,现在整条巷子都是小吃部。生意最好的还是最先开张的那家,花样多,口味正宗,人称老嬷头店。

老嬷头是本地对老年妇女的中性称呼。老嬷头开店的时候还年轻,但面相像老嬷头。她家在巷子口,房子是老公家的祖屋。因为家庭成分不好,老公在搬运公司拉板车,身体垮了。老嬷头没有工作,炒得一手好菜,有人办酒席,请她去掌勺。只是掌勺不固定,收入有限,他们家的生活相当拮据。

男人没本事,家就由女人当了。

20世纪80年代初,政策允许,老嬷头腾出空间,借钱添置竹椅小方桌,开起了小吃店。开始,小吃店只卖早餐、米粉、清汤、卤子面、茶叶蛋、包馅果,想不到卤子面和包馅果特别受青睐。

过去,卤子面只有寿宴上能吃到。这里办喜事,请客请三餐,前一天晚上暖寿宴,上酒上菜;第二天早餐,吃卤子面和麻糍;中午是正餐。卤子面颇讲究,用龙骨熬成的骨髓肉糜汤,加去骨的鲇鱼、猪血、豆腐丁、鸡蛋花等,倒入煮熟的面条,投下姜蒜葱等佐料烹调,勾芡起锅,色香味让人垂涎。

包馅果也是平时轻易吃不到的。

老嬷头经营卤子面和包馅果,货真价实。五毛钱蓝边碗的卤子面,不够可以添一些。包馅果一块钱八个,邻里来买,老嬷头一边夹果仂,一边说:"都是街坊,凑一个!"

"这怎么好意思?"

"是我不好意思,影响大家了。"

邻里开始确有微词,形形色色的顾客,打破了本来相对安静的巷子,小吃店的柴火灶搞得弄堂乌烟瘴气。后来家家开店,谁也无话可说。

天空淅沥下着小雨，顾客明显少了。老孀头站在屋檐下，回头朝屋里喊："妮啊，等一下洗碗，先给你哥哥送把伞。"

"我不去！"里面传出女孩的声音。

"死妮子不听话，你去！"老孀头转头唤坐在灶前抽旱烟的男人。

其实女儿很听话。家里开店，姆妈让她休学，她再没去过学校。收了摊，原来的同学放学回来邀她跳皮筋，她也不参加。

姆妈说，女孩子会写自己的名字就行了，家里穷，就让哥哥一个人上学吧。

哥哥读小学五年级。

小吃店的生意越来越好，缺人手。老孀头招了人，人走得也快，有人专为偷艺而来。老孀头便招残缺人，背驼的、个儿矮的，但四肢健全，不影响干活，再就是请沾亲带故的亲戚，人手才稳定了下来。

过去十多年了，老孀头的面相没有改变，体力却大不如前，每天车轮似的连轴转，吃不消。她放话："供儿子读完大学，小店就转让。"

儿子大学毕业，在机关上班，虽是花钱托人弄进去的，但总算是体面的工作。

老嬷头真要停歇下来，到底是自己一手一脚做起来的小店，她舍不得转给别人。

女儿读书少，只会揉面擀皮包饺子，算个账总出错。

小丫头是远房外甥女，年纪与女儿同龄，脑子比女儿活多了。

顾客问："两碗卤子面、四个包馅果、六个桑叶饺，多少钱？"小丫头马上答："总共二十二块。"

小吃的价目调过好几回。

小丫头做其他事也有条理，人又长得水灵，老嬷头喜欢，要传她衣钵，先让她做了儿媳妇。

原以为儿子读了书，一定有出息。想不到儿子在机关上班，人浮于事，奋斗了六年，股长也没混上。儿子见同事买房买车，也买了辆"本田飞度"，钱是伸手找老婆要的，想想没有面子，一气之下，干脆辞职帮老婆。

辞职之前，他找关系弄了一块牌匾——儒学前小吃店，黑体大字。大字上方还有一行小字——贾记老字号。

西门羊肉馆

我的家在南方,除岁日贴对联,也在猪圈或鸡窝上贴"六畜兴旺"的红纸条。六畜即牛、羊、马、猪、狗、鸡。孩提时,经常踢得鸡飞狗跳,常见的还有猪和牛,马少见,羊不是南方家养的牲口——在图画、电影里见过。现在不同了,郊区偶尔也能遇见散步的羊,超市有外来的羊肉出售。谁都知道羊肉滋补,是口好菜,但我们缺少烹饪经验,十足的姜蒜辣椒调味,仍有膻气。

西门菜市场对面有家羊肉馆,生意不错。其他地方也有羊肉馆开张,可坚持不了几个月就关门了。我去西门羊肉馆很多次,味道确实不错,价格适中。

这是一家早餐店,以羊肉粉、羊肉面为主,也买羊肉汤、羊骨汤,兼营清汤、馄饨等。说是早餐店,其实一天到晚都营业。

店主是一对夫妻,男人亲自下面捞面、配料配汤,女人负责传递,配合默契。配料主要是切片的羊肉、泡菜、芫荽和葱花。羊肉是男人头天晚上加工好了的,据说他的配方和老汤是花大价钱买来的。

男人四十岁的样子,个儿高,分头,帅气,脸上总挂着笑。以前他是化肥厂的采购员,工厂倒闭后折腾不锈钢厨具,亏了,转而开了这家羊肉馆。女人也是化肥厂员工,比老公小两岁,看起来却显老些,她五官过得去,衣着朴素,一年四季围条兰花白围裙,严肃且小心翼翼。

羊肉馆生意跑火,不仅味道好,料也足。羊肉虽切成薄片,七八十来片的数量总是有的。有时为了吃碗羊肉面,得在门口等上好一会儿。

也就一年工夫,羊肉馆把隔壁的干货店盘了过来,拆除隔板,场面大了一倍。内墙刷了层石灰白,屋檐挂了一幅新招牌——贵州羊肉馆。价目表也更新了,有点花里胡哨,上面还印了广告词:贵州羊肉馆精选野性十足的黄江山羊肉与上等的优质配料,经精心调制勾汤烹制出香鲜的地道美味,食之回味无穷,久后思量!

我是语文老师,习惯推敲语法。"黄江山羊肉"是什么意思呢?上网百度了一下,贵州有黄江水的地名,没有黄江山。如果把"江"去掉,不作地名解,"黄山羊"倒是羊的一个品种。电脑又蹦出"中国十大名羊品种排行榜":和田羊、都安山羊、南江黄羊、槐山羊、豫西脂尾羊、黑山羊……

　　好奇的是，店面扩大之后，男人不坐店了。有人问起，女人回话："以前只是加工一只羊，现在要加工三只羊，白天让他休息。"旁人是另一种说法，羊肉馆招了女服务员，和老板眉来眼去，老板娘不放心。

　　新招的服务员有四位，其实都是年纪偏大的妇女。她们各司其职，捞面的捞面、端面的端面、洗碗的洗碗。

　　新店铺门口一侧摆了三口大锅、一条长案板。女主人不再跑腿了，稳坐案台前，只负责配料和收银。她在兰花白围裙上缝了只大口袋，零钱放在案台上的月饼铁盒里，五十百元的大钞一张一张收进兜里。

　　现代人消费，真有不在乎小钱的，八元一碗的羊肉面，主动要个荷包蛋，递去十元钱，不用找零。

　　女主人看到了商机，每天一早让人煎好一脸盆的荷包蛋。来客进来："老板娘，来两碗羊肉面。"女主人问："要加蛋吗？"来客请人吃早餐，不好意思不加，说："加吧，加吧！"

　　开始，女人还会征求意见，慢慢地，羊肉面加蛋成了女人的标配。也有人不愿意，指着面前的碗说："老板娘，我没有说加蛋？"女人板起脸，指令服务员，"去！把那人的蛋撩回来。"服务员就拿双筷子，把那人碗里的蛋夹回脸盆。

羊肉价格持续上涨,羊肉面也调整了价格,十二元一碗,这本是情理之中。可鸡蛋落了价,荷包蛋怎么还是二元一个?还有一个问题:我们这里对数字有些忌讳,十三不好听,十四不吉利。

"老板娘,这个蛋我不要!"越来越多的人这样说。

老板娘脸色铁青,指令服务员把蛋夹回来。

细心的人发现,盖在荷包蛋下面的羊肉只有五六片。

如果再去西门羊肉馆,无论何时都不用再等了,一定是虚位以待。

他乡是故乡

鸬鹚埠因鱼鹰而得名。

这里三个自然村,三百余户人家,都是先祖程氏三兄弟的后裔。

外姓也有,独自一家,那便是张守义。

张守义是随父母逃荒路过此地,母亲突患重病,他们在码头上的凉亭停留了下来。村里老人见他们生活无着落，动了恻隐之心。田地不可能割让，渡船正好缺人手，就交给他的父亲打理。

渡口人来人往，糊口不是问题。码头通向弯弯曲曲的驿道，上行徽州，下达饶府。横在中间的乐安河源自皖赣边界的五龙山，水流顺山麓南下，折西南注入鄱阳湖。两岸的山势越往南越低矮，过了虎山便趋平坦。虎山在乐安河中游，形状恰如其名，宛若一只威猛的老虎静卧河滩。鸬鹚埠就在虎山脚下，码头距村口半里路程。这里的河面相对狭窄。

村里老人好事做到底，召集村民砍来毛竹，在凉亭旁边搭起一间茅屋。虽然茅屋简陋，能挡风雨；屋里的锅碗盆勺也是百家拼凑。

张守义一家就这样安顿了下来。

以前渡船没有固定人手，谁空闲谁兼管。村里人倒也自觉自愿，终究还是会误人脚程，深更半夜也没人撑船的。

张守义的父亲接手，情形就不同了。再晚再冷的天，只要有人喊："船老大，过河——"他父亲就披衣上船。白天自不用说，他父亲总是坐在船头守候过渡的人，对岸一个人招手，他也会划一趟。

张守义的母亲到底没有缓过来。

张守义除了淘米弄饭，空余时间都跟在父亲身边。没事的时候，他在船上跳上跳下，捡鹅卵石在河边打水漂；乏了，便静静地坐在船舷，看远山在河面晃动的倒影，默数近处鱼鹰潜入水中的时间。

有人过渡，张守义连忙解开缆绳。如果来人挑着重担，抑或推着鸡公车，他就架好翘板，待人坐定，用篙把船撑离河岸。父亲接着荡起桨，船拢对岸，不忘招呼张守义："崽，去帮人家搭把手！"

张守义就卖力地推送鸡公车上堤坡。到了有青石板的平坦处，推车人歇口气，从口袋掏出一把散钱给张守义。张守义不论多少，都高兴地收下，蹦蹦跳跳返回船上交给父亲。

有一天，张守义突然反应过来：坐船给钱的都是过客，村里人点下头就走了。

他问父亲："他们怎么不给钱呢？"

父亲说："你不懂。"

大凡有渡船的地方，都传承一个古训："坑蒙拐骗，不差渡钱。"这是江湖道义，百姓也是这样遵循。村里人心里自有一本账，收获时一次结清，只会多给，不会少算。

父亲告诫张守义："这村里的人良善，你要记住他们！"

民国37年，乐安河爆发一场特大山洪。半夜洪水从上游涌下来，情况万分危急，张守义父子分头跑去村里敲门喊人。天露了白，逃上虎山的村民发现，码头上的茅屋、凉亭都冲走了，村里低洼处一片狼藉。

不幸的是，张守义的父亲也失踪了。洪水过后，村民在河滩一棵枫杨树丫上找到了他的尸体。

村里人感激张守义的父亲，把他葬在程氏的祖坟山上。张守义的母亲也葬在那里，不同的是，这次村民允许张守义竖块有名有姓的碑石。祖坟山出现外姓，那是破天荒的事情。村民们说："我们不拿你当外人！"

次年，全国解放，张守义仍选择撑船为业。那年他十九岁，是谈婚论嫁的年纪了，有好心人撮合，把本村一位姑娘嫁给了他。

张守义的家还是安在码头上，房子依然是村民合力建起来的，垒了土墙盖了瓦，比茅屋结实，也比以前地盘大。想不到这里是一块风水宝地，张守义的儿女个个有出息。

大儿在省城当教授，女儿有工作单位，小儿在县里当科长。张守义不撑船已久矣，前些年，码头旁边架起一座水泥桥，他就歇了下来。他年纪大了，儿女要接他去颐养天年。他说："祖坟在这里，我哪儿都不去。"

现在码头热闹了，周围建起了一片洋房。张守义每天漫步河边，乐安河依然汩汩流淌，只是鱼鹰早不见了踪迹，他撑过的渡船还在，静静地卧在河滩上。

阿拉上海人

"你真的有点老了。"邵赣生说。怎么不老呢？我都奔六十岁的人了。他比我长两岁，看起来确实要年轻些。他是用同情的口气对我说："我还记得当年你在球场上生龙活虎的样子。"

我们是曾经的同事，在一家三线城市的工厂上班。工厂在江南山区，业余生活比较单调，年轻人喜欢打篮球，偶尔也打架，我俩是一伙的，关系一直很好。工厂改制后，员工下岗的下岗、分流的分流，他去了上海，在一家私企当保管。

邵赣生是本地人，为何去上海定居呢？很多同事有疑问，我好像有点明白。

我们厂是20世纪70年代兴建的，当时安置了很多上海插队江南的知青。上海员工颇有优越感，衣着时髦，说话不改"侬晓得伐"的腔调。

他们回上海探亲更是风光隆重的事情，本地同事少不了巴结他们代购羊毛衫、旅游鞋,或者虾片、大白兔奶糖等商品。他们返回时大包小包,见面不无夸张地说:"切列色(累死)了!"

邵赣生还是青工的时候,就很羡慕上海人,学了一口流利的上海话。

后来,上海出台知青返城政策,我们厂的上海籍员工陆续调了回去,也有的退休后回上海享受待遇。我们知道,上海福利齐全,医疗技术先进,就业机会更多。

邵赣生选择去上海,不完全是为自己,也为儿子。

他儿子就读子弟学校,成绩中等。邵赣生只许儿子报考上海院校,哪怕中专也行。儿子争气,考取上海一所二本学校。儿子高考那年,正是我们厂改制过渡期,邵赣生干脆辞职去了上海。

其实,工厂改制对邵赣生影响不大,他是财务处副处长,下岗轮不到他。

许是年龄大了,邵赣生在上海找工作并不容易,谋到一家私企保管员的工作,一做就是十多年。他的档案、三险一金还在原单位,其间返回过几次,都是开证明、报销医药费。

他每次来都住我家,我陪他办事,邀老同事来家陪他一块儿喝酒。"还是这里的朋友多啊!"邵赣生感慨说:

"如果我在上海有这么一套住房就好了。"

说起来真要感谢他,我这套县城东湖小区的住房还是他在厂时动员我一起购买的。我们厂有福利房,面积小,地处工业园区,空气差。

邵赣生原先的套房同我一个单元,卖了,虽然售价翻了番,想在上海购房,显然杯水车薪。他们一家三口租了一间房,有年头的筒子楼,杂乱拥挤,没有独立卫生间,厨房是共用的。他说:"一直不好意思邀你们去做客。"

这次我去上海,实在是盛情难却。邵赣生天天同我聊微信:"终于有了自己的家,阿拉是真正的上海宁,你一定要来看看。"他还找了一个借口,很想老家的口味,要我带些土猪肉、新鲜的辣椒过去,我不能不从。

火车正点到达应该是15时38分,晚点四十分钟,邵赣生在站台等候多时。因是终点站,行李重,我等其他旅客下了车,慢慢移步车厢门口。他看见我,跳上车,抓住我的手,哈哈大笑:"开心开心!"说着,接过我的拉杆箱,夺过我的双肩包,领我去地铁站。

地下穿行一个多小时,换乘两次线路,轨道车开出了地面,在高架上又行驶了十多站,终于下了车。

出了站,眼前的景象并不像大都市,四周除了几处住宅区,很空旷。邵赣生说:"离家很近,两公里不到,我们走回去。"

我点点头。

他拖着我的拉杆箱、背着我的包,脚步轻盈。他走了一段路,回头看我没跟上,停住。"你真的有点老了。"他是认真说的。

我回他一笑。

到了他家小区,原来只是一幢四方形高层建筑,中间有采光的"大天井"。电梯上去,穿过长走道,拐个弯,他老婆在1326室门口笑脸相迎,说:"你是第一个来我们家做客的贵客!"

进屋,里面面积不大,但是跃层式住宅,两层,客厅、卧室、厨房、卫生间齐全。邵赣生指着上面一间卧室说:"儿子不回来,你就住那儿。"

行李还没有打开,他老婆喊吃饭了。四菜一汤上了桌,免不了要喝杯酒。邵赣生说:"实在叫不到朋友陪你"。我说无所谓,他帮我夹了一只虾,突然说:"这小区还有空房,不贵,你也来买一套,我们结伴养老。"

我吓一跳,上海肯定不会来的,我应该习惯了小县城的生活。

女房东

如果你不刨根问底,我就讲一个亲历故事,当然不保证有趣。

女儿中考,妻子要我在一中附近租间房准备陪读。妻子的话就是圣旨,我立马行动,跑中介,托熟人。有同事很快反馈消息,老北门有房出租。北门是条老街,穿过一条巷子,便是一中的后门。

通过同事提供的电话号码,我与房主取得联系,房主是位女士。我们聊了几分钟,她问租房用处、几人居住,我如实作答。她同意我先看房,约好下午3点碰面,来的却是位老头儿。

老头儿说他是女士的公公,房子是他给儿子买的,儿子买了新区住宅楼后,此屋便一直出租。房屋有些年头且凌乱,家具家电也是旧的,但齐全,打扫打扫卫生可拎包入住。我决定租下来,问租金。老头儿说他只负责开门,租金要同他儿媳妇商谈。

我突然有个预感：他家的儿媳妇可能很强势。

客厅挂了一帧三人大照片：胖乎乎的小男孩；西装革履的中年男，秃顶；露肩白裙少妇，黄皮肤，不难看，也没有特别吸引人的地方——应该是女房东。

再次同女房东通电话，无非商谈租金、付款方式等细节。女房东说租金同前面租户一样，我无话可说。添加微信好友，我把押金、半年的房租转了过去。

她让公公留下两把钥匙。

女儿如愿考取一中，开学还有月余，她在外婆家乐不思蜀。学区房已经租定，我也不急，抓紧偷空约人打麻将。

有一天鏖战正酣，女房东打来电话，说："不好意思，有件事要同你讲。"我答："你说。""我家电费还有余额，截图发在你微信里，你方便时转给我。""哦！"我翻开她的微信，看到国网账单详情截图，余额48.60元，立马转了50元过去。这个晚上，我再也不晓得怎样和牌。

打牌没劲，想到还有一篇小说没有完稿，我便晚上不出门。

妻子不忘提醒："那边的卫生打扫了没有？"等到周六周日，我把租屋彻底打扫了一遍，回去交差："搞定，随时可以入住。"

妻子说："你看那边缺什么，从家里搬一点过去。"

我回答:"搬点碗筷过去就行。"

碗筷租屋也有,还是用自己的好。对了,我有个疑问:收拾房东餐具的时候,发现有两块青花釉里红老鱼盘,难道他们不知道这是老古件?

本想跟房东提个醒,到底不专业又怕搞错了。还有一个原因:这里的邻居告诉我,房东在我头上涨了租金,我觉得吃了哑巴亏。那天打扫卫生又遇一事,我冲澡,淋浴头堵塞不出水,打电话给女房东。她说:"房子交你快一个月,合同也签了,我怎么知道东西不是你弄坏的?"

她公公送来合同时,我们一起给冰箱空调试了电,谁会检查淋浴头呢?换个淋浴头花不了几个钱,房东不认账无所谓,但她的态度让我不爽。

可气的是女儿,辛苦把房子弄好,她死活不同意搬过去住。妻子还是张嘴巴:"就依女儿的,晚自习你接送,远就远一点。"

我跟谁诉苦去?

为了减轻损失,我硬着头皮同女房东通电话,提出退房租的事。女房东口气硬邦邦:"按合同办!"

合同是格式合同,我浏览了一遍,其中有条款"乙方退租需提前两个月通知甲方"。我掐指算,合同签了一个月零五天,算两个月,加两个月,房东可以退我两个月的租金。

女房东说：“你住了两个月，退租提前两个月，罚款两个月，我只能退你押金。”

她这样解释，我也无力反驳。

我记起电费充了值，余额还有 218.6 元，截图发给她，她不理睬我，打电话也不接。

把自己的东西搬回去的时候，我把两块老盘子也带回了家，少亏一些。

补记：

上述文字发表在晚报副刊上，我把电子版贴在朋友圈。当晚，女房东打来无数次电话，要我还她两块盘子。我重复解释，那是我杜撰情节，完全是学阿 Q。她说文章明摆着都是真事。我急中生"智"，说："你问问你的公公，你家有没有老盘子。"

第二天，她公公找上门来，悄悄地跟我说："我不敢告诉儿媳妇，我记得很早以前，邻居办喜事借我家的盘子，打破了两块赔了我两块，我不懂，不知那两块盘子是不是老古件。"

天啦，白纸黑字，我如何脱得了干系？

月牙湾

何涛金一次一次去河滩,傍晚时分又走了一遭,水位看涨,却波涛不惊,碧清见底。"鬼天气!"他骂了一声,无力地捡起一块鹅卵石,狠狠砸进水里,河面便泛起一道涟漪。

他太期盼一场大水了。

水自东面而来,一座长满马尾松的青山阻挡,河道拐了个弯,水又折西流向鄱阳湖。

何涛金的家在江边,与青山隔河相望,一个叫月牙湾的小村庄西头。

每年雨季前夕,月牙湾的村民都会补船洞、扎竹排,准备铁钩马钉、绳索网兜等打捞工具。洪水来临,上游冲下来的木头和家具,也有活牛活鸡活鸭,以及各种动物尸体,在弯道里回旋,不会随流漂去。

弯道的河面很宽敞,打捞上来的东西堆积如山。遇见人的尸体也要捞起来,负责掩埋在对岸的山脚下。这是村里不成文的规矩,是善举,自然也有回报。

坊间流传一句话:月牙湾不种田,一场大水吃三年。

话有点夸张,倒也道出实情。月牙湾的村民把打捞上来的物件扛去集市出售,日子明显比其他村庄富裕。当然,田还是要种的,农耕社会,阡陌流金,"寸田尺宅可治生",农田决不肯荒废。

偏偏有人不种田,那人就是何涛金。

何涛金有家室,一儿一女尚未成年。原先他家有大约一顷的农田,本也勤耕力作,春播秋收,吃喝不愁。村里人知道,前年一场大水,何涛金捞起一只雕花木箱,再也不肯下地锄禾了,整日闲逛于集市。

集市距月牙湾三里地,这是饶州府辖下的一个重镇,陈友谅和朱元璋在此有过交锋,先后屯兵驻守。集市很喧闹,商业街长达千米,南北杂货、油坊、药房、屠宰店、铁匠铺、典当、赌坊、茶馆等,应有尽有。

何涛金不种田,也不做生意。他脱去打了补丁的短衣,换上崭新的青布直身宽大长褂,头戴四方平定巾,出入茶馆和赌坊,一副有钱人的做派。碰见街边耍枪卖艺的也驻足,口袋没钱就在人群后面踮脚观看,赢了钱就挤去前排打赏,出手大方。

无奈他输多赢少。何涛金去赌坊越加频繁了,他总想扳回本钱,岂料输得越来越惨,最终把家里的农田也变卖了。

买家是他的赌友,姓于名耕生,外乡人,原是一位军爷。朱元璋争得天下后,驻守军队就地解散,有部分无家可归的异地士兵留在当地。他们谋生手段五花八门,有挖矿烧窑的、帮人种地的,也有靠手艺赚钱,抑或摆摊设点的小商小贩。他们累积资金,首选置田办宅,那才感觉真正地扎根安家了。

于耕生出没出老千不得而知,他是慢刀割细肉。何涛金十赌八输,两次小赢,让他不能自拔。

女客曾经好言相劝,何涛金扇了她一巴掌:"再管老子的事,休了你!"女客就没胆子再提了。好在家里还有种子粮,她一个人默默地播种、插秧、收割,虽然收成大打折扣,但挖点野菜,糊口不是太大问题。

何涛金翻出家里的地契,急匆匆要出门,女客终于豁出去,攥住他的衣服死活不松手。何涛金照例拳脚相加,毫不留情。女客被打倒在地,又抱住男人的腿,呼天喊地,凄凄惨惨。

打骂声惊动了乡邻,有人喊来族长。

族长问他:"卖了田你一家人吃啥?"何涛金气鼓鼓地回:"有钱还怕饿死?"族长又问:"钱从何来?"何涛金答:"涨水便有钱!"族长说:"如果不涨水呢?"何涛金

说:"怎么可以不涨水呢?"

他反而觉得族长不可思议。

何涛金吃了秤砣铁了心,族长也无可奈何。买卖双方签字画押立了契约,何涛金收讫卖田的钱,还清赌债,钱所剩不多了。

去年,洪水倒是如期而至,只是上游只冲下一些竹子和树根,根本不值钱。何涛金坐吃山空,把家里像样的家当拿去抵押,仍然揭不开锅。

这好像是应验一句话:"听人劝才能吃饱饭。"

何涛金借遍了乡亲,最后厚着颜面找牛耕生量了两升米,草草地过了一个年,干脆把女儿送给人家做了童养媳。

可怜小儿,天天馋吃的,日日哭着喊饿,瘦成皮包骨。女客不忍心,咬着牙,拿根打狗棍,带着儿子离家出走。

女客羞于在周围村庄乞讨,一路向西,可哪里又是个头呢?

山雨

明天就要返回,他为她饯行。

窗外乌云密布,山雨欲来。真是天遂人愿,她不肯去外面的酒店,就约在下榻的房间里。让他打包几样卤菜熟食。酒是她买的,白酒。她想好了,自己求一醉,再任由他……

已经来了三天,她差点儿忘了此行的目的。

他陪着她,漂流、爬山,听空谷的潺潺流水,采满山的杜鹃花。空气如此清新,她心情愉悦,感觉自己回到了十八九。

她当然不老。

在他眼里,她还是那个她,只是现在更成熟,更有风韵。

他们是大学同学,也可以说是曾经的恋人。俩人在杏仁树下牵过手,一起翻过围墙去校外看演出。仅此而已!就像这几天,俩人一起乐山乐水,面对面静谧的时候,又总有点矜持,保持了一点距离。

大学毕业，她留北方，他回南方，俩人少有联系。以后各自成了家，有了孩子，偶尔想起从前，也只有些许的记忆。

他说过，一辈子忘不了她。

他喜欢她的性格：北方姑娘的贤惠，南方姑娘的细腻，她身上都有。以至于他找对象，曾不懈地努力寻找她的影子。他也相信，凭她的条件，凭她的气质，凭她的外表，一定有个很好的归宿。

她说，在别人眼里，丈夫的确不错，长得英俊，有房有车有地位。可丈夫不是个东西，是浑蛋！丈夫不但公开承认外面有女人，酒后还会告诉她，什么时候，什么地方，跟什么样的女人在一起。

她闹过，没有用，他改不了。

她也想过离婚，孩子和老人是个顾忌。但这不是主要的，除非不再组合家庭，不然去哪儿找更好的男人。不是说男人没有一个好东西，有电影明星曝出婚外情，电视上公开承认，他犯了一个男人都会犯的错误。

最不能容忍的是：丈夫带她去游泳，竟然还带了另外一个女人，把她和孩子晾在沙滩上。

那一次，她哭了。她把孩子紧紧抱在怀里，心里发誓：一定要做一次对不起丈夫的事情，并亲口告诉丈夫，什么时候，什么地方，跟什么样的男人。

真要迈出这一步，不容易，到底不是那种女人。可她咽不下那口气，脑海里猛然想起他，于是她来了。

明天就要返回，不能再犹豫。酒壮色胆，她买了一瓶烈酒，一人一半。

她记得他的酒量应该比自己大。可他先醉了，舌头打结，说酒话。他说他心里一直有她，她是世界上最美的花……

起先她听得很受用，慢慢就觉得肉麻。男人嘛！果真没有一个好东西。她突然又想，自己不远千里，找上门来为哪般，苍蝇不叮无缝的蛋，男人固然坏，没有犯贱的女人，男人又去哪儿使坏？

她想想觉得后怕。

酒劲上来了，头有点晕。她使劲搓眼睛，努力站起身，扶住墙，想移步把门打开。

房门近在咫尺，可一直在晃动，她竟然走不过去……

半座桥

照壁

礼和村,一个很中庸的村名,实际上是有来由的。过年的时候,村里人挂出的灯笼全写着"李姓"两字,翻过东边的山梁,是另一村庄——和村。"礼"同"李"谐音,"礼和"就是李姓要对和村以礼相待。

李姓何故许下如此善愿?说来话长。

最初李姓六兄弟安家于此,山坳无名。他们从李村分支出来的,不便重复使用李村。

赣东北的山区,耕田稀少,大规模集居的宅基地也少。正因为如此,山里头零零散散分布了许多小村落。

山民的生活习惯有点特殊:女人干农活,比如采茶、养猪、耕种等;男人做手艺,打铁、凿石、榨油等。不同的村庄,男人的技能不同:走村串户的篾匠一定来自彭村;谁家造房子,那得请程家的木匠。

巧的是,教书匠也扎堆,在和村。

和村住的是黄姓后代,因为搬来时"和"字辈的辈分最高,所以叫和村。和村人读书的多,又与功名无缘,便选择教书为业。

李氏六兄弟贩卖茶叶起家,他们积攒银两盖起一栋颇具规模的教馆。望子成龙,聘请的先生当然是和村的。结果十分神奇,教馆先后出了五位举人、三位进士、一位探花。

一门九仕,这是极荣耀的事情。李姓上下脸面有光,除了感激祖宗荫庇,也感谢黄先生教诲。一次乡饮宴上,三老爷(其他五兄弟已作古)当场拍板,把村子正式命名为"礼和村"。

出门为官、衣锦还乡,哪个弟子不去和村打个卯。

"礼和"还有一层意思,就是希望子孙后代和睦相处。

礼和村名声在外,人丁也十分兴旺,房屋建筑可见一斑。

祠堂肯定是有的,祭祀祖先,报本追源。村口一栋最高的建筑,青石砌墙,雕饰精致,那是李氏宗祠。六兄弟的后裔还在各自的地盘上分别建了简易的支祠。

本地人把分支说成"股"。各股的地盘是六兄弟生前分割好的,当时也算宽敞。随着子孙一代代繁衍,空地越来越少了,房屋一栋紧挨一栋。

山里人建房,遵循一个习俗,就是大门口必须砌堵小墙，名曰照壁或影墙。照壁的作用是凝聚人气财气，更重要的是避煞化解风水。据传，孤魂野鬼喜欢闪进宅院，修堵墙便可断其来路；又传，鬼魅在照壁上看见自己的影子，必定害怕遁逃。

做工讲究的照壁，雕刻吉祥文字或花卉，又是一道风景。壁顶砌出墙帽、四角起翘，仿佛屋顶和檐头，可以与正屋相互烘托。

只是，这样的照壁不是每户人家都有条件做得起来的。

与有钱没钱没有关系。

因为独特的地理位置，礼和村两排房子，前排近水，后排枕山，都是坐北朝南。前面人家还好办，照壁可以竖在溪边上；后面人家就为难了，出门是通道，且离前屋的后墙太近，哪有砌照壁的地方。

房前没有照壁，住在屋子里不踏实，心里是慌慌的。

解决的办法也有，就是借人家的后墙，修一面与照壁形状相似、大小合适的凹墙，听说效果是一样的。

外地人把凹墙叫作座山照壁，本地人干脆，就叫凹面墙。

凹面墙到底是麻烦别人家的事情，人家愿不愿意还两说。好在都是乡邻，主动承担费用，问题不是太大，除非两家关系水火不容。

群生家的前面是桂生家。桂生造屋起基的时候，就想找桂生，但最终还是没有开口。

两家并没有什么过节。按说，他们都是五股的人，同为七世孙，也叫兄弟。群生不好意思开口，是先前发生过一件事情。

后面一排房屋，群生家凸在最前面。他建房的时候，村里老人找他，问他可不可以退让两尺，与其他房子平行，贯通一条骑马抬轿的巷道。

群生不同意。

老人说，大家给他补偿，退让多少地方摆满多少铜钱。

群生依然不肯，宅基地寸土不让。

这以后，群生觉出村里人看他的目光都是异样的。

让他意外的是，桂生家砌后墙，居然准备为他修凹面。群生连忙数好钱，送去桂生家。

桂生坚决不收。

钱可以不要，但事情要交代清楚，桂生在凹面墙的上方嵌了一块砖刻，仅此一家。砖头上刻的字：

屋后凹墙系桂己墙义封凹面嘉庆癸亥春月立

群生屡屡看见砖头上的字，难免羞涩。不久，他举家搬出了礼和村。

半座桥

哭嫁

小红同往日一样,天蒙蒙亮就出门,左手拎着棒槌,右臂挽着塞满脏衣服的竹篮子。不同的是,今天她的脚步很轻盈。

从水塘边回来,小红把洗好的衣服穿在竹竿上,再架在院墙上晾晒。这个时候,太阳爬到一丈高。妹妹睡眼惺忪地手托茶缸走了出来,她一边蹲在阶前刷牙,一边问小红:"喂,我还有件外套你怎么不洗?"

"我不知道呀,你快拿出来我马上洗。"

"算了,算了,今天你出嫁,让你偷回懒。"

妹妹好像真的不生气。要是往常,妹妹必定气急败坏,"你等着!"小红最怕妹妹告状,姆妈知道了,又是一顿臭骂。

姐妹的关系很微妙。

小红比妹妹仅大两个月,她们不是亲姐妹,可是在一个屋檐下长大。房子是爷爷遗留下来的,小红三岁的时候,母亲病逝，姆妈不久搬了进来，还带来一位同龄的小妹妹。姆妈告诉小红，你是姐，凡事都要让着妹。

就说嫁人这件事吧，媒人来了一拨又一拨，姆妈总是安排妹妹去相亲。妹妹先嫁了，可她同婆家相处不好，时常跑回来。

小红出嫁，也是由姆妈张罗。父亲只负责一件事，大门上贴对联，贴好了对联，便埋头坐在门前的矮凳上，不停吧唧吧唧地抽旱烟。亲戚陆陆续续汇齐，多是妹妹的舅舅和姑姑家一干人。姆妈说，新郎家有打发，送嫁的人多，也是为新娘争面子。

快响午了，男方家怎么还不来接人？姆妈嘀咕的当儿，吹吹打打的声音传了进来，转眼，一顶花轿落在院门口。

姆妈连忙大声喊："快、快把门堵住，我们没有准备好呢。"

其实，小红一切准备就绪：开了脸，打了胭脂，换了一身大红的衣裳，穿了一双崭新的绣花鞋。依照风俗，新娘穿的绣花鞋不准落地，以免带走娘家的尘土。小红脚踏一块干净的毡布，在床头正襟危坐，手拿一块绸缎盖头布，只等有人抱上轿。

男方家从门缝塞进各种礼包，什么开门礼、见面礼、上轿礼，才被女方家让进屋。来人进门就嚷嚷："时辰已到,早发早发!"

看热闹的邻里也簇拥了进来。

忽然,姆妈在厅堂哭了起来,"哎呀!谁说我对小红不好,谁晓得我用心良苦?小红乖女儿,虽然不是我身上掉下的肉,但也是我的心肝宝贝!"

姆妈出乎意料的举动惊呆了满屋子的人。

邻里清楚:小红的姆妈经常装神弄鬼,稍有委屈,便在桌上点盏煤油灯,口里念念有词,那是诅咒。今天的情形有几分相像,只是没有点灯。

姆妈似乎也觉得失态,作兴排开众人,跌跌撞撞奔向里屋,扑到小红的身边:"我真舍不得你嫁人!以后谁帮我弄饭?谁帮我喂猪?"

小红痴痴地看着姆妈。

姆妈抓起小红的双手,竟然唱了起来:"崽啊崽!我没有再多的嫁妆,你们有手有脚还年轻,以后的日子要靠自己。"

小红点点头。

"崽啊崽!我给你陪了一床新被窝,万一夫妻吵个架,不用半夜跑回来,睡自己的被窝,不受寒不挨冻。"

小红流出了眼泪。

"你去那边也要听话,上敬公婆,下敬夫婿,嘴巴甜手脚勤，家务活要抢着干，有空就回来看看我！"

姆妈越唱越好听，句句都是在理的话。

邻里情不自禁地鼓起掌。

妹妹"咯咯"笑出声。

噼里啪啦的爆竹炸响，舅舅抱小红上了轿。吹吹打打的声音远去，邻里却迟迟不肯散尽。

无论如何，今天小红姆妈的表现令人刮目相看。

最让人称道的是，小红嫁过去之后，乖巧伶俐，公婆欢喜，小两口恩爱，男耕女种，日子过得喜庆有余。

后来有人总结，那是她的姆妈哭得好！

于是，乡邻嫁女，为母的也开始模仿，既是交代，也是好言相劝，希望女儿幸福美满。"哭嫁"就这样在当地慢慢流行开来。

民间戏班也编排了《哭嫁》剧目，到处传唱。戏里的内容，除了母亲教育女儿尊老爱幼，也有女儿请教生活的琐事，一问一答：

女儿：娘啊娘！我去那边同他如何相处？

母亲：崽啊崽！床上夫妻，床下君子，旁人面前隔三尺。

女儿：娘啊娘！我去那边怎样睡？

母亲：崽啊崽！男困东来女困西，夫婿要是……

后面有点像荤段子，不录也罢。

半座桥

灯芯换鸡毛

余家村有个习俗：大年三十如平常日子，元宵夜才正式过大年，然后请戏班，大操大办好多天。

原因很简单，这里的男人大年三十不在家，团圆饭自然往后移。

余家村在县城南郊，出稻谷出蔬菜，是一个比较富裕的地方。这里还出一件远近闻名的日用品——鸡毛掸子。村里男女老少都会制作，供不应求。

男人不在家，当然是出外收集鸡毛了。从前，寻常百姓家只有过年才会杀鸡宰鸭，能否收到足够的鸡毛，就指望那几天的时间了。

小年前后，男人便陆续出门，远的先行，近的稍后。挑副箩担，走村串户，一路叫唤："灯芯换鸡毛——"

灯芯是从云贵贩来的，这里方圆百里都比较稀罕。那时照明点的是油灯，棉花或细纱搓成的灯捻子，不及灯芯耐用和光亮。

他们还会备些顶针和彩线，应付老婆婆或待嫁姑娘的需要。最受青睐的当是洋火——后来叫火柴，家庭的必需品，火镰子打火毕竟麻烦。只是洋火紧俏，不是谁都弄得到。

余进兴是老江湖了，有本事，每年都弄回一大箱的洋火。要问从哪儿弄来的，他不说，反正有人上门，他就匀一些。都是沾亲带故的乡邻，余进兴不偏不倚，每人都给两打。

儿子也不多给。

稍微不同的是，余进兴主动送洋火去儿子家。

儿子旧年圆的房，另立了门户，今年也要独立收鸡毛。父亲送去二打洋火，儿子感觉太少了。出门前，儿子又找到父亲，想多要几盒。

父亲说："莫想，就那么多，其他自己想办法！"儿子火冒三丈，怒冲冲地问："你到底是不是我的亲爹？"

小余发脾气不是因为这一桩事情。

分家的时候，父亲就没给他什么好东西：一张旧床、一只旧衣柜、一口补了铁钉的锅、一担稻谷，仅此而已。家里不是没有，他想要张八仙桌，父亲不答应。父亲说："你后面还有两个弟弟，我一视同仁。"

最不可理喻的是，他第一次出门，希望靠近舅舅家，那样就不愁借宿、搭伙食、寄存鸡毛的事情。父亲竟然也不同意，舅舅家周边是父亲走了几十年的地盘。

村里人出去收鸡毛，地盘相对固定，有亲戚在同一个地方，也不重叠，讲究一个先来后到。所以，初次出门的人，反而去更偏远的地方，跨县跨市不在少数。

可余进兴到底是亲爹啊！怎么就不能帮一把？

父亲还头头是道地说："腿勤嘴甜心正，自己打开一个局面。"

"什么都靠自己，我要你这个爹干啥？"小余想到父亲的苛刻，心里便有怨恨，也罢，"我不认你这个爹。"

高兴的是，小余第一次收鸡毛，竟然相当顺利，收获颇丰。他带去的布袋不够用，房东还送了他两只旧麻袋。

他遇到了贵人！

房东真不错，留宿吃饭没有把他当外人，年夜饭也喊他上了桌。小余感激涕零，默念一定要记住这个人。

元宵夜，小两口吃了团圆饭，隔日小余又起早赶路。房东家，脚程快也要一天，来回需要两三天。他要邀请房东来看戏，顺便把寄存的鸡毛挑回来，宜早不宜迟。

余家村有凑份子请戏班的传统，唱戏持续十来天。其间，家家都会请来亲朋好友，一是回报，二是面子。谁家客人多，谁就很光彩。

房东本是一位老戏迷，小余诚心相邀，他客气了一下就跟来了。

早闻余家的戏台宏伟气派，果然飞檐翘角、雕梁画栋、金碧辉煌。台上演的不外乎帝皇将相、忠武孝义，台下观众熙熙攘攘，热闹非常。

小余连日陪伴房东看戏，好茶好酒招待。房东过意不去，决定提前返回。

是夜，两人端起酒杯。房东抿了一口酒，突然问小余："这两天只看见你们夫妻俩，村里头还有亲人吗？"

小余快人快语："爹就住隔壁，我不与他来往。"

"噢，那是咋回事呀？"

小余竹筒倒豆子，把父亲的苛刻说了，顺带发了一通牢骚。

房东默默听完，抓起筷子夹了一口菜，没有送到嘴边，迟疑一下又放了回去。他不紧不慢地说："我只收留了你几天，你就对我感恩戴德；你爹把你养大，教你做人做事，难道不如一个外人？"

小余沉思了片刻，赧然地埋下头，汗流浃背。只听他轻言轻语地说："明早我就去给爹磕头拜年！"

严溪锁钥

> 锁钥,开锁的器件,比喻成事的关键所在。
> ——题记

江文清在门神的下方贴了一张便笺,上书:非经本房东许可,请勿进屋打扰!

字是软笔寸楷,乌黑方正,大小如一,标准的馆阁体。

游客发现门上的字条,有人停顿下来,探头张望一下就走了;也有人根本不注意,径直闯进他的庭院。

江文清并不制止,他坐在堂前的火桶上,腰身以下盖件旧棉袄,面无表情,任人取景拍照。来人发现八仙桌上的剩饭剩菜,竟也猎奇。江文清略有不悦,挪了挪身子,欲言又止,干脆摇摇头闭上眼睛。

他的家是一幢三间穿堂式砖木老屋,雕梁画栋。外面观瞻,高耸的封火墙,繁缛细巧的砖雕门罩,很吸引人的眼球。

这类相似的徽派古宅,严溪村还有一百四十多幢。

严溪村坐落在赣东北偏远的山谷里,谷底枕东,谷口在西。谷口即为村口,前面横亘一条清澈的溪河。村口有座牌楼,筑在一棵大樟树底下,门牌正中镶嵌匾额:严溪锁钥。跨过石桥、穿越牌楼,便是村庄,里面布局叶脉状,酷似迷宫,颇少见。地面清一色青石板路,主道两边均是木门板店面,既住人,也经营茶叶和其他生活用品,还有的开设农家小吃。

这里已然是一个旅游景点,慕名而来的游客络绎不绝。

江文清的老屋在一条小巷口,只居家,别无它用。游客频繁闯入,他实在有点不胜其烦。

如果来人对严溪村的历史饶有兴趣,江文清倒也乐意奉陪。他会客气地引你上座,泡杯自制的茗茶,与你侃侃而谈。若客人兴致浓厚,他会小心地捧出一本毛边纸手抄,里面是他收集整理的资料。

他会告诉你,原先严溪村四周长满了桃树,最早叫桃花湾。光武年间,东汉名士庄光为远离政治,也为避光武帝讳,改名严子陵,隐居于此,终日溪岩上垂钓,悠闲自得,"严溪"便由此而来。

严溪村自古盛产茶叶,闻名遐迩,茶号遍布全国各地。他们有修桥铺路、大兴土木的习风,祠堂、戏台和私宅都十分讲究。鼎盛时期，这里"门户三千庄八百"。

可惜严溪村经历了一段时期的衰败。

尽管如此，江文清始终以祖辈为荣，对于曾经的衰落，他也有新的诠释。正因为衰落，这里的古建筑才保存了下来，历久弥新。当然，喧嚣打破原有的宁静，不是他愿意看到的。

乡政府为了保护古村风貌，在村口对岸建起了住宅小区，村民版不搬迁可以自由选择，江文清犹豫不决。

儿子轮番吵他的耳朵："那边设施齐全，不潮湿，视野开阔，我们搬过去住吧？"

他不置可否，心想："我又不痴呆，搬过去自然好，只是穷窝难舍呀，何况老屋也有老屋的好处，冬暖夏凉！"

孙子天天跟他屁股后面转："我们要住新房子，那里离学校近。"

他终于松口了："搬吧搬吧！"！

两个儿子搬迁过去，一家便分成了两个小家。

那是"树大分枝"的必然规律，他心里仍然不是滋味。

江文清把自己留了下来。房子要住人，房子要通风，不然房子会发霉虫蛀。

再说，他没有想好跟着哪个儿子过日子。

还有一个原因：他计划撰写有关村史的文章，住在老屋里更有启发。

江文清当过教师，在老一辈里面算是有文化的人。年轻人后来居上，但他们喜欢外面的世界，想法也不尽相同。他觉得自己有责任，应该留下一份像样的遗产。

遗产不一定都是物质的，也可以是文化。当然，文化要有点思想内涵。

江文清坐在家里，终日苦思冥想。他孤身一人，平时也没有别的事情，洗衣弄饭都是儿子轮流照料。这很方便，老屋距新区不远，他吃饭去儿子家，不愿走就让儿子送过来。

他更愿意在村里转悠，祠堂的遗址、倒塌的戏台、正在修缮的义塾馆都是他常去的地方。有天江文清发现，义塾馆应该少了件东西。他站在院子里回忆，猛然记起堂柱上原来有副对联："忠厚传家久，诗书继世长。"

严溪向来有兴办教馆的族风，崇尚诗礼传家、邻德里仁的信条，现在好像慢慢淡化了。

江文清走出义塾馆，心里有点失落，又有点兴奋，他似乎找到可以下笔的地方了。

白切狗肉

乐平有道闻名的菜肴——白切狗肉，朋友相聚多上这道菜。也有外地死党，动不动招惹我："想你了，过来喝杯酒——记得带点狗肉来！"

我不明白，这些死党是想我还是想狗肉呢？

白切狗肉的烹制方法说起来简单，褪毛去内脏，洗净放入大铁锅隔水蒸熟即可。食用时切成小块，蘸自制的豆豉汁，香气袭人，据说还滋补壮阳。好这一口的行家一定首选狗五宝：面额、狗腿、狗爪、狗鞭和肚皮，味道更加鲜美。

乐平人正式的宴席，狗肉也不上桌的。从前，白切狗肉在乐平并不多见，北门口有几处摊位，那是固定卖狗肉的地方。推车挑担的路人在摊位前歇脚，凑过去尝一块，本想占口便宜，尝过之后便忍不住。"来！切二两腿子肉，打半碗酒。"酒是摊主提供的土酿谷酒。路人懒得拿筷子，用手抓，吃片狗肉呷口酒，神清气爽。

现在情形完全不同了，狗肉专卖店如雨后春笋，遍布大街小巷，现杀现蒸现卖。最奇的是他们打出的招牌，全是"竹接渡邹家狗肉店"。

乐平狗肉以邹家出品为正宗，这是有来历的。故事版本很多，我录其一。

竹接渡在县城东郊，紧靠乐安江，因当地人扎竹排浮在水面上过渡，故得此名。邹家在竹接渡东岸，一个不大不小的村庄，那里出过一位烹狗能手，名叫邹大毛。

邹大毛懂狗性，能一眼辨得狗的年龄。首先，他专贩二三年的活狗，肉质不老不嫩；其次，邹大毛火候掌握得特别好，一把稻草就能蒸熟一条狗，绝活！

挑副箩担，一头装着一坛谷酒，一头是蒸熟的狗肉和案板，邹大毛每天披星踏过竹排，天明抵达北门口，固定在一家屋檐下摆摊。他做买卖憨厚，尝一块他的狗肉不买也没关系，大家偏偏觉得他的狗肉味道最纯正。他五短身材，人家容易记住他，邹大毛的名气慢慢传开来。

话说竹接渡东行三十里，是另一村庄——众埠。当年方志敏在闽浙赣创建红色苏区，众埠是根据地之一，也是红十军的创建地。红十军轰轰烈烈闹革命，也遭受国民党的疯狂镇压，1930年11月，国民党第五师兵分四路向众埠等苏区发动进攻，红十军退却山区与敌周旋，旌旗不倒。

次年，国民党增派五十五师合力围剿，并对山里红军采取了经济封锁。

为了打破国民党的经济封锁，红十军在众埠建立了食盐、药品、粮食等秘密仓库，地下交通线源源不断地为红军提供必需物资。

敌人的封锁相当严密，白匪昼夜巡逻，通往山里的每条小道都设卡盘查，但都不能完全切断红军的给养。岂料五十五师的一位团长带来一条东洋犬，对交通线造成巨大的破坏。

交通员运输物资的时候，无论怎样隐蔽：灌进竹子里的食盐、藏在鸡公车挖空的车架里的药品，东洋犬都能发现。更甚者，东洋犬顺着被抓交通员的气息寻找到了秘密仓库。

交通线被迫中断，上级指示尽快消除东洋犬的危害，交通站随即组成了打狗队。

平时东洋犬放养在匪军团部，一个大户人家，墙高院深，门口有岗哨，东洋犬出巡的时候，一排伪军荷枪实弹地跟在后面。打狗队根本无从下手，弃在路边的浸毒肉食，东洋犬闻都不闻。

一位家在竹接渡的队员想到了邹大毛。

打狗队怎么请他不得而知，邹大毛来了。

他来了也不起作用。

邹大毛不甘心,在团部门口蹲守了好几天,发现东洋犬特别喜欢"戏弄"本地土狗。只要有土狗在附近走动,东洋犬就会蹿出,咆哮几声,吓得土狗夹着尾巴一溜烟跑开。

他当即回家唤来一只大黄狗。

大黄狗是邹大毛亲自养大的,个头儿在当地算大的,可比起东洋犬还是逊色许多。但大黄狗足够机灵,东洋犬从团部蹿出,它不是一味逃窜。东洋犬凶猛地扑过来,大黄狗就跑,东洋犬停下来,大黄狗又回头狂吠。

东洋犬追到村后的林子里。

邹大毛挡在两只狗中间。东洋犬当即立住,四肢趴地,做一个扑咬状。邹大毛不急不缓,轻轻地注视东洋犬,双手平摊,嘴里念念有词。只见凶相狰狞的东洋犬顿时温驯了,后腿一软坐在地上,耷拉着脑袋任由邹大毛慢慢靠近。邹大毛伸手摸了摸东洋犬的头,一根绳索也套了上去。

绳索穿在一根短竹竿里面,留了活套。邹大毛一紧绳,东洋犬才开始挣扎,力大无比,打狗队员迅速围了上来,乱棍打死。

邹大毛说:"可惜了,这是一条好狗。"

打狗队不解恨,作兴把东洋犬抬到秘密地点,请邹大毛做一顿大餐。

邹大毛只会烹制白切狗肉，一把稻草或是一捆稻草就把狗肉弄熟了。

映山红

为什么叫塔眉塘？没有去考究。

塔眉塘是江西余汗县辖区的一个自然村。

20世纪30年代，这里只有三十几户人家，都是一脉相承的叶姓。塔眉塘颇偏僻，四面环山，山峦连绵。准确地说，这里是丘陵地带，山丘脚下有一块块水田。因为地广人稀，村民勉强能维持生计。

那时，方志敏领导农民轰轰烈烈闹革命，在江西乐平县创建了中国工农红军第十军。为了扩大根据地，周边区县都建立了特别委员会，秘密开展各项工作。

方佩龙是余汗中心县委书记，上面委派下来的。他是弋阳县人，时年二十七岁，长得人高马大，读过私塾，跟

随方志敏一起打土豪,是个年轻有为的革命干部。

塔眉塘方圆几十里,分布着许多小村庄,都是方佩龙的活动范围。他居无定所,个中原因,大家可想而知,那是白色恐怖时期,国民党疯狂抓捕共产党人。

有一天,方佩龙再次路过塔眉塘,突患疾病,腹痛发热呕吐,疑是急性阑尾炎。他实在无法行走,借宿一户人家,正是叶富宽的家。

叶富宽与方佩龙同庚,他听过方佩龙慷慨激昂的演说,被他现身说法所感动。叶富宽并没有真正明白革命道理,却好奇方佩龙舍弃家业,风里来,雨里去,甘冒坐牢杀头的风险。叶富宽的家也小有土地,父亲灌输他的思想是安居乐业。

收留共产党人在家过夜,叶富宽的父亲很不愿意。好在不是叶富宽请来的,他听方佩龙演讲,父亲也不知道,不然父亲一定怪罪。虽然叶富宽也当了爹,但家里的事还是父亲做主。

他父亲想的事情就复杂了,自己受牵连事小,祸及宗族事大。他父亲也不肯得罪共产党,况且,方佩龙身边跟着一名警卫员,都佩带了武器。

于是,叶富宽的父亲把方佩龙两人藏在阁楼上。

方佩龙翻滚了一宿,没有丝毫的好转。隔天一早,他拿出一块现洋，托请叶富宽帮忙找郎中抓点草药。塔眉塘没有郎中，得去十里开外的镇上。叶富宽的父亲说："我去，我认识药铺里的周郎中。"

响午时分，父亲抓药回来，立即洗净药罐，主动守在灶前煎熬草药。

岂料，不知哪里走漏风声，百余号国民党士兵涌进塔眉塘，径直包围叶富宽的家。带队的"国军"连长知道屋里是大人物，要抓活的。他让士兵喊："放下武器，饶你们不死。"

方佩龙个头儿大，警卫员背不动，扶他下了阁楼，突围已无可能。方佩龙说："今天肯定脱不了身，我们要死也不要死在人家家里，老百姓有忌讳。我们走出去吧，拼一个是一个。"

但他们没有射出一颗子弹。

"国军"士兵埋伏在围墙外，枪口顶着叶富宽一家七口人站在院门前。警卫员搀扶方佩龙走出屋，两人大义凛然。"国军"士兵躲在暗处吼叫："放下枪！放下枪！"两人的枪握得更紧，快到院门口的时候，"国军"士兵开了枪。

"国军"活捉不到共产党，割下两人头颅，撤出了塔眉塘。

目睹整个事情的过程，叶富宽心有余悸，他父亲更是

吓得瑟瑟发抖。叶富宽不及细想，喊来宗族兄弟，把两人的遗体抬走掩埋。

方佩龙两人的遗体埋在村后的五塔峰山腰上。五塔峰是塔眉塘的"靠背山"，也是叶姓的祖坟山。两座新墓与别的坟茔有段距离，显得很是孤静。

叶富宽心里颇感内疚，总觉得发生的事情蹊跷，父亲好像哪儿不对劲，他不敢深究。而方佩龙的最后举动不能不让叶富宽感激万分。

如果方佩龙在屋里抵抗，"国军"士兵肯定是火攻，他家的房子将不复存在；如果方佩龙两人开枪射击，他和家里人也有可能受伤或送命。

叶富宽记住了这一天：1933年4月7日。

4月的天气依旧有一丝清冷，风起，柳絮飞扬，便有点伤感。4月又是杜鹃花开的季节，满山的映山红含苞欲放。

叶富宽让堂兄弟先下山，自己再待一会儿。他采集两束杜鹃花，分别放在两座坟头上，回头观察周围，见四下无人，"扑通"一声跪了下来，发誓："每年的今日我都给你们送灯烧纸钱，我死之后有儿子，儿子后面有孙子，保证三代人给你们扫坟墓！"

誓毕，叶富宽沉重地叩了三个响头。

半座桥

保长梅石柱

梅石柱关押在茅家岭监狱。

茅家岭监狱是上饶集中营的一个小区。上饶集中营范围很大，以周田村为中心，横跨两区县，包括李村、七峰岩、茅家岭、石底等地，都是四面环山的偏僻村庄。国民党宪兵赶走大部分村民，占用民房、祠堂和庙宇，改造成了监狱。

监狱囚禁皖南事变中被俘的新四军干部，也有抗日爱国人士。梅石柱例外，他是当地一名农民。

梅石柱的家就在茅家岭，世代务农，父亲省吃俭用置田建宅，打下一些基础。他更加勤奋治家，名下有十几亩良田。由于这个原因，他被任命为保长。

当了保长，梅石柱同以前并无两样，日出而作，日落而息。县城不远，梅石柱也不常去，偶尔挑担稻米去集市，换回布匹剪裁过年的新衣裳。家里日用品，比如女客用的针线、扣子和顶针，自有货郎送上门。

保长不算官呢。

保甲制度自古有之，是封建王朝的一种统治手段。民国保甲制度出台在国民党对红军军事"围剿"时期，蒋介石兼总司令的鄂豫皖三省"剿匪"总司令部，颁布《剿匪区各县编查保甲户口条例》，规定十户为甲，十甲为保，联保连坐。

联保连坐就是一人"通匪"，全部有罪，保长首当其冲。

梅石柱坐牢不是"通匪"，是另有原因。他家不是有十几亩田嘛，吴富民想从他手中买几亩。吴富民是邻村人，也是世代务农，原也平平常常，但他的儿子当上"国军"团长，家里积攒了不少银圆。以前有钱人都会置田囤粮，家有余粮，心中不慌。茅家岭山多田少，良田更是稀罕。吴富民起先托人捎话，梅石柱婉言拒绝。吴富民便多次跑来，使劲磨嘴皮，"我多给你几块现洋？"

老实巴交的梅石柱只会一句话："再多的现洋我也不卖！"

吴富民有钱买不到良田，很是光火，更觉失了面子。正好儿子换防弯道省亲，吴富民一通诉说，儿子去宪兵总队走了一趟。

梅石柱万万没有想到，一群宪兵闯进他的家，要占用他的房子。之前，宪兵都是征用山坳里头的民房，他家在村口。更甚者，人家可以带走细软，他们空手走人。梅石柱拱手卑怯地说明身份："我是这里的保长！"

"保长算个球啊？"带队的扇了梅石柱一巴掌，大喝一声："带走！"

梅石柱被关押在"特训班"。他不明白，自己怎么成了"左倾嫌疑"，这是什么罪名？

上饶集中营有两个大队，"军官队"关押叶挺等新四军高级干部。

"特训班"全称"第三战区司令长官司令部特别训练班"，以"管训"之名，残酷迫害"学员"。

茅家岭监狱原是一座庙宇，木结构，砖石墙，四个悬山顶合围而成，封闭建筑。里面关押了二十六名"学员"，住着若干特务和看守。这里是狱中狱，内设铁丝笼、烧辣椒水的大铁锅，常有坚定分子遭受酷刑。

虽然梅石柱没有坐过"老虎凳"，但暗地里叫苦连天，在看守枪口下劳役，惶惶不可终日。他胆小，总是躲避看守的眼光。牢房里，他也很少同别的"学员"交流。

1942年5月25日下午，牢房突然一阵躁动，"学员"一拥而上，赤手空拳与全副武装的看守卫兵搏斗。原来，特务头子和卫兵排长等外出开会，留守的卫兵不多，监狱秘密党组织临时决定举行夺枪越狱暴动。

梅石柱缩在门后面，瑟瑟发抖。

搏斗很快结束了，暴动队员夺得枪支弹药手榴弹，砸开西侧门，冲出监狱。

有队员把惊魂未定的梅石柱拉了出去。

这次暴动很成功，影响极大，除两位掩护的队员被捕回，其余二十四人全部胜利越狱。

梅石柱的作用不能不提，他熟悉环境，把大家带到了深山。后来大家把枪支埋了，分散行动。梅石柱有家不能回，跟着一位队员，一路向北。

历经艰辛，他们找到陈毅的部队。梅石柱成为一名革命战士，打鬼子、打老蒋都表现得十分勇敢。

梅石柱心里到底挂念家里，全国刚解放，他就申请了复员。

房子还在，已是破烂不堪。家里人也在，子女已长大，老婆鬓发白。一家人相拥，悲喜交集。

那是1950年10月，梅石柱回到茅家岭，赶上阶级成分划分。吴富民吞占了他家原先的农田，被划为地主。梅石柱当然是贫农，他一辈子安心做了农民。

荫庇

余金旺到底有多富，可以大胆猜。他家大业大，房产无数。紧靠景德镇西河码头，有座大宅院，是他最先盖的。宅院占地五亩，飞檐迭连交错，天井就有十三个，孩童在里面捉迷藏，时常迷失方向。

他有九子十六孙。

不过，他的家里人早搬走了，腾出的房间住了长工——拖儿带女的。短工他不安排住处，帮他做事的雇佣实在太多了。

其实他的产业简单，就是专门贩卖烧制瓷器的柴火。窑柴以松木为佳。景德镇三面环山，山峦连绵，松树到处可见，近处砍光了，还有远山。山里收购的松木堆积一起推入溪河，顺流漂到西河码头，离窑址便不远了。捞上岸、晾晒、锯断、劈开、送去瓷厂，独轮车一路吱吱呀呀，浩浩荡荡。

民国年间，有规模的瓷窑上百家，窑柴用量巨大。余金旺供应的柴火占了七成,是位大富豪。

余金旺的生意完全是自己拼出来的。他年轻时帮别人运柴火,摸清了门路自己干,一路摸爬滚打,辛酸自己知道。

程年成说:"余老板是祖坟葬得好,所以人丁兴旺、财源滚滚。"老程开家豆腐小店,好像懂点风水。

因为余金旺的窑柴,码头杂姓聚集。商户从四面八方拢来,临水而街,屠宰店、豆腐店、油坊、药房、茶馆、烟馆等,应有尽有。

商业街与余金旺的大宅院比邻,两脚路。

且说余金旺把家里人打发走了,自己留了下来。他不能不留在这里,虽然管家尽力,但他仍放心不下,凡事习惯亲力亲为,就连厨房的伙食也要亲自操办。

几十位伙计吃饭,不是小事情,一个月买几次猪肉,既不奢侈,又不小气,还得计算。码头鱼多,便宜也不常买,费油;豆制品是好东西,虽是素食,花样多,豆干豆泡豆腐丝;还有带荤的名,素肉素鸡。当然,他同伙计一个锅吃饭,伙食不会太差。

无论好孬,菜总是要多买些。开年他就交代厨房:"洗米水倒了可惜,还有剩饭剩菜,多养几头猪过年。"

每天清早,余金旺背着手去菜摊转一圈,厨房的菜就备齐了。他买菜不带钱,大家认识他,只要他点头,菜会送上门,找账房拿钱。

最高兴的莫过于老程了,豆腐店仅此一家,余金旺隔三岔五去一次。有大户支撑,他生意不错,无奈儿子染上烟瘾,积攒不下余钱。有什么法子呢,儿子独苗,老程什么事都由着他。

磨豆很累,儿子不愿推磨也就罢了,可煮浆、滤浆、成型,没有一件事是儿子愿意做的。老程年纪大了,也做不动,只好招来一位徒工。

徒弟很听话,什么事都抢着做。"张山,把豆渣给余老板送过去!"老程话音刚落,徒弟就放下手中的活,提着豆渣去大宅院。

送去的豆渣是猪饲料,别人想买,老程不卖,宁愿免费送给余金旺。送去的豆制品,老程也大半年没有找账房拿钱。

账房奇怪,告诉掌柜。余金旺问老程:"你怎么不结账,还天天送豆渣?"

老程吞吞吐吐,最后才说清楚:他想换余金旺荒山上一块空地做坟墓。

码头对岸有座叫龙山的丘陵,树木砍光了,余金旺花小钱买了下来,种些松苗,别无它用。老程提出要求,余金旺没多想就同意了。

老程可是蓄谋已久,他去龙山相过几十回。龙山西北角有块地,下雪天,唯独此处不积雪,"左青龙,右白虎",典型的风水宝地。

余金旺轻易答应了,老程不敢久拖,怕夜长梦多。死暂时死不了,造个活人墓吧,果报是一样的。

请人挖好洞穴,祭奠必不可少。这天一早,老程让徒弟挑着祭品,带着儿子一同上山。仪式开始的时候,老程突然发现洞穴渗出水来,急忙喊儿子。儿子嘴角上翘,走开了。

张山跳了下去,脱下自己的上衣,把水吸干。

这以后的事情就有点牵强附会了。

因为儿子懒了一下,程家的境况没有改变。余金旺倒霉,挖断他家的"龙脉",大土豪家道中落,1950年更是被彻底镇压。

最富传奇的是张山。

1935年,张山参加方志敏的队伍,先遣队北上抗日途中,遭国民党重兵围堵,千余名红军战士血沃江西怀玉山,方志敏被俘。而张山幸运地跟随粟裕突围了,后来转战南北,几十年枪林弹雨,竟然没受过一次伤。

雾障云屏

早先的大财主多少都会做些好事的,积善人家有余庆嘛。所以,有些有钱人选择大年三十这一天,半夜悄悄放些碎银在穷人家的窗台上。为啥要悄悄地放呢?那是因为不成文的规矩——行善不留名。

其实,一个小地方,谁家揭不开锅,谁有能力接济,大家心里清楚。

吴文林说:"到时我可不玩那些虚的,想有米下锅就跟我干活去,保证有口饭吃。"

他口气完全不同了。"文林"是他新用的名,原先他叫泥鳅。泥鳅自幼习武,年轻时出去闯荡,四十多岁返回湾头,就很有钱了。他回来即建了一栋三进三出的高墙宅院,娶少妻、雇佣人、请护院。乡邻好奇他怎么发迹的,有说他当过骠骑将军,有说他做过镖头,终究没有一个肯定。

吴文林并不说明。平时他很少出门,出门也是多去寺庙,自称湾头居士。

湾头村后有座山，平地耸起，独立原野上。书中记载："山脉逶迤，群山朝拱，如大将登坛，众武士附听令状，故称将军山。"山顶有座庙，就叫将军庙。吴文林十日半月要上山一趟，在寺庙吃顿斋饭，再同主持喝茶念佛，断黑前返回家中。

到底年纪大了，将军山山势陡峭，走羊肠小道总有不便。也是为方便更多的香客朝山拜佛，吴文林决定修条山路，铺石板，凿台阶，计划容得两人并排通行。他请来石匠，安排村里没田没地的佃农做帮手。吴文林说的那句话就是这个时候说的。

两年八个月，山路修筑完毕。吴文林又做了一件事情：他请石匠在山路经过的一处悬崖上刻了四个大字——"雾障云屏"。大字两头题了边款，有吴文林的名号，也记录了石刻时间：大清嘉庆八年癸亥闰二月十七日午时。

距今过去二百余年，摩崖石刻还在，字迹清晰。将军山冷清了许多年，寺庙早已不存，人烟稀少。山上树木遭遇多次砍伐，近年是封山育林。

不知从什么时候开始，城里人喜欢结伴跑去乡下，河边烧烤、吃柴火灶、爬山、吸氧、洗肺。将军山又热闹了起来，先是一群摄影爱好者，晒出美图后，吸引了一批批小车族。

半座桥

将军山景致真心不错：有泉有瀑布，有云雾谷、日月崖、花兰坞，还有云坪、醉仙石等。寺庙遗址一棵古银杏，颇壮观，秋雨过后，树上地下一片金黄。

遗憾山路年久失修，多处地段被雨水冲陷，山脚边倒塌的石板也被村民搬去围了猪圈，路基杂草丛生。

游客无不惋惜叹惜。

湾头村在大张旗鼓搞新农村建设，打造将军山旅游景点也排在日程上，无奈资金短缺，简单修复山路的计划也搁浅了。

吴远剑曾是县里领导，湾头人，吴文林的后代，原本可以划拨一些经费下来的，可惜错过了机会。吴远剑很想为家乡做点事情，就因为是湾头人，是吴文林的后代，反而有所顾虑。快退二线的人了，多一事不如少一事，安全降落最重要。

他在湾头盖了一幢三层楼房，就是准备回老家颐养天年的。

没有帮上村里的忙，吴远剑有点后悔，碰见村里的干部，也有点不好意思。在位时，他回来考查、陪友人爬山，都是村委会接待，每次都安排得非常周到。

吴远剑干脆不出门。

他想到了祖先。吴文林回到湾头，也是轻易不出门。

吴远剑知道祖先不出门的原因。吴文林还是叫泥鳅的时候，去杭州打拼，凭一身武艺在一家镖局站稳了脚。嘉庆三年，镖局承接一单大镖，押送一批珠宝、银号去北京。原来杭州城有位巨贾捐了个布政使，候补了几年没弄到实缺，这次同"二皇帝和珅"搭上线，投下血本。泥鳅亲自押镖，到了北京，赶上"和府"被抄家，他稀里糊涂辗转回到了湾头。那是秘不外传的家史，虽然不是杀人劫财，但终归不怎么光彩。好在吴文林从此向善，口碑不错，最后安度了晚年。

当然，两者没法儿比较，时代不同，两人的发展轨迹不同。

吴远剑也想到做一件事，只要不刮风下雨，一有空闲，他荷把锄头，上山寻找原来的路基，锄草填土，能整平一段是一段。

这一天，吴远剑汗流浃背，突然想到一句成语，洗心革面！他立即摇摇头，又点点头，自言自语："修身养性！修身养性！"

还眼债

"还眼债"是俚语,有出丑、差劲、小气、软弱、没本事等多种损人的含义。俚语出自祝村,由来已久,起先却别无他意。

祝村地处古饶州乐县东境,二十几户人家,势单力薄。乐县自古民风强悍,以械斗闻名,标草夺地。祝村周边都是大姓村庄,生存环境堪忧。祝文彪说:"我们不惹事,但也不必怕事。"

论年龄论辈分,祝文彪在村里并不是最大的,但他最具权威。祝文彪通农事,他种的甘蔗比人家的粗,种的花生密密麻麻挂满根须。更主要的是,他颇有点能耐,讲义气,外面的朋友多,路路通,村里人为此跟着方便了不少。

祝村除了少许冷水田,多为红土地,全靠种甘蔗花生换口粮。甘蔗、花生挑去集市,人家知道祝村有个祝文彪,加上祝村人做买卖实诚,少有人欺凌。

乐县还有一大特色,就是村村兴建戏台,攀比之风强烈，飞檐翘角直冲云霄。那是宗族势力和实力的体现，谁都不肯落下风。戏台的建筑风格各异，宅院台、庙宇台、会馆台、祠堂台、万年台。万年台最普及。

有戏台当然必定有演出，逢年过节、喜诞寿庆、开谱修谱，个人或宗族都会请来戏班子，热闹好几天。有诗云："深夜三更半，村村有戏看；鸡叫天明亮，还有锣鼓响。"

这也是祝村人摆摊设点的好时机。

祝村人卖甘蔗卖花生，顺便揩油听戏文，两全其美，何乐不为？乐县是赣戏的主要发源地，男女老少都懂戏文，人人都爱哼几句高腔。

村里请来戏班子，忙煞家家户户的主妇，每家每户备好菜备好酒，遍请亲朋好友。戏台一天到晚"哐唧哐唧"，主妇张罗"流水桌"，客人随到随吃，吃饱喝足了，便搬条板凳去看戏。客人用过的碗筷，主家累积堆放在门口的木盆里，以示客人多。谁家的客人多，谁家最有面子。

祝文彪看戏，是人家请去的。没人请他他不去，他也从不在戏台前面摆摊位。

虽算不上座上宾，十里八乡总是有人请他。祝文彪收到口信，当晚便端着饭碗，边吃边挨家串门，家养的大黄狗跟着他蹿前蹿后。他站在村里人家门口亮一声："下月3号余家唱大戏啦！"一碗白米饭，没有菜，不等返回，早扒光了。

到了那一天，村里男人肩挑花生，抑或鸡公车推着甘蔗，一早带着老婆小孩出了门。祝文彪不慌不忙，换身干净衣裳，烟袋塞满烟丝，腰上系根红黄相间的纱绳，把烟杆别在后腰上，踱着方步独自前行。

这样次数多了，时间久了，吃人家的饭，看人家的戏，祝文彪心里过意不去。祝村也有同其他村庄结儿女亲家的，亲家次次请，也有些不好意思。

祝文彪召集大家商议："我们也请亲朋好友看一场戏吧？"

村里人面面相觑：有这个心，没这个力呀。莫说建座金碧辉煌、气势宏大的戏台，就是简单的三间四柱硬山式万年台，合全村之力，也绝无可能。

祝文彪说："我们搭个草台，请个小戏班，还人家一个人情。"

村民们同意了，并立即开始着手准备。

隔年初春，按事先预定的计划，祝村所有劳力一起动手，男人上山砍毛竹，女人织草囤，在晒场上搭起一座草台，舞台是大家卸自家门板铺就的。

草台搭好了，按例屏壁横额上要贴字，写什么字好呢？

人家戏台上面都是悬挂描金的匾额，内容诙谐别致。"久看愈好""顶好看""百看不厌"等，都是一语双关的妙言，既夸赞戏文演唱得好，也炫耀自家的戏台辉煌。梁上各种雕刻，百态千姿的脊饰，宫灯式镂空的吊篮悬柱，连斜撑、雀替上的灵兽也那么生动、玲珑剔透。

祝文彪想好了，他拜托一位老先生，用红纸书写了三个颜体大字——还眼债。

虽然是草台小戏班，来看戏的亲朋好友无不感动，他们盛赞祝村人重情义，用心良苦。

"还眼债"从此传开来，成了乐县的俚语。

祝村搭草台仅此一遭，祝文彪之后再无人牵头，实在有点承受不起。

不承想，若干年后，当年人人夸赞的"还眼债"，含义慢慢变成了骂人的话，最狠最难听的话，前面还加两个字——前世还眼债。

半座桥

讲究

周财福的发迹确乎跟家庭有关了。这并不是说他的家庭背景有多显赫，他祖上都是普通的百姓。

他父亲还健在，八十多岁，常住小南门。

小南门是条老街，居民大都是小商小贩。老街一色的木柱灰瓦房，唯他家老宅拆除了，原址上盖起三层大理石外墙的洋房。

周财福在老宅长大，结婚生子，房屋改建时搬了出去，此后再没搬回来，也很少得空回家探望。

周母过世有年，偌大的家只剩老爷子。好在老爷子不觉孤单，有保姆专职洗衣弄饭，时常有人嘘寒问暖。他耳不聋，眼不花，每天都要出去遛圈儿。出门前，老爷子习惯整理衣冠，中山装前襟五枚纽扣全扣齐，戴顶黑呢鸭舌帽，手拿包浆老藤拐杖。碰见老邻居，面带三分笑。

这天返家，老爷子顺脚去斜对门的小张家招呼了一声："你中午不要开火，我家烧鳜鱼煮粉，一个人吃不完。"

其实小张不小，奔六十岁的人了。小张同周财福是小学同学，原先一直居家做买卖，卸下家里的门板就是杂货店。年前关门，同老婆一起奔省城带孙子，三个月不到赌气回来了，也是一个人。老爷子有点窃喜，以前家里水龙头滴水、灯泡炸了，都是小张过来帮忙处理。

中午的鳜鱼煮粉几乎被小张一个人吃了。老爷子吃了两口搁下筷子，说："鳜鱼太大了，味没煮透。'桃花流水鳜鱼肥'，半斤重的鳜鱼最好，按说现在正是吃鳜鱼的时候。"

小张吃不出区别，只觉味道鲜美。

老爷子突然想到一道点心："真想吃一次'金线吊葫芦'。"

小张愣住，望着老爷子。

老爷子说："就是手工擀的碱发面条、前夹心肉馅的馄饨，放龙骨汤一块儿煮。哎哟！以前东门口有家饺子店会弄，现在好像绝迹了。"

小张知道老爷子向来对吃有讲究，他是木匠出身，也算体面的手艺人，人家三餐两点的招待，稀奇没少吃。

老爷子不仅对吃有讲究，待人处世也有讲究。面带三分笑，礼数已先到。

其实讲究就是一些俗成的规矩，比如"喜不赠伞、寿不赠烟、丧不后补"；比如"茶七饭八酒满盅"等。

老爷子本行当的规矩也不少，他学徒时先是熟背口诀：凳不离三、门不离五、床不离七、桌不离九……这些说的是做长凳的尺寸二尺三寸或四尺三寸，取"桃园三结义"的典故，寓意坐一起的都是兄弟和朋友；门的宽窄尾数带五，"五福临门"之意；"七""九"同"妻""酒"谐音，意思床不离妻、桌不离酒。

家具的尺寸是取意，生活中更现实。"桌上无酒难留客，心口不一难做人。"

老爷子真心舍得，他手上赚了两个钱，都花在交朋结友上。现在人情社会，多个朋友多条路，不然，一介布衣，谁会理睬你。

儿子的路便是他铺好的。周财福师范毕业分配在乡下教书，老爷子托人把他调进乡政府，又通过人托人把他调进县机关。有人扶上马，还有人送一程，周财福一帆风顺，升迁去了省城，当了大官。

当然，周财福个人也努力，能办点事情。无奈老爷子的讲究对他潜移默化，影响颇深。

周财福的讲究就特殊了：专去私人会所，没有野味不上桌，酒只喝年份茅台，茶只喝高山雨前嫩芽。他还有些"讲究"超乎常人的想象：喜欢收藏古瓷古画，一块金表价值百万。小张的儿子省城工作是周财福安排的，他没有

"讲究",是少有的例外。

老爷子的家蓦地门可罗雀,几天不见来人。这天晌午,他无意听到儿子"留置"的消息,吓得卧床不起。

保姆告诉小张:"老头儿中午、晚上都没有进一粒米。"

小张迟疑了一会儿,亲自动手煮了一碗"金线吊葫芦"送过去。

老爷子看一眼便知不正宗,面条是挂面,不是金色,且糊糊搭搭。但他还是津津有味地吃完了。放下碗,老爷子理了理坠在耳边的三根白发,可怜兮兮地望着小张说:"我以后怎么办啦?"

小张说:"财福能回来更好,不能回来我给你送终。"

名堂

坊间流传一则顺口溜:"四两黄金四十万,不洗衣服不做饭,生个儿子保姆带,打起麻将婆送饭。"说的是宝珠岭娶亲的行情。四十万彩礼可以还点价,二十万起步,难以想象!

　　宝珠岭是安溪河不远处的一个村庄，穷乡僻壤。宝珠岭因山形而得名，往南还依次排列三座形状似龙的大山，每条"龙"都有头有尾有四爪，争先恐后。前面的"龙"乐死了，中间的"龙"气死了，后面的"龙"急死了。这是当地"三龙夺宝"的传说，不是那么美好。

　　宝珠岭和龙山早不见当年模样。这里自古就是采石场地，因为采石场人聚人散，有过繁荣——干涸的河床边上，"水码头"遗存还见当年辉煌。"水码头"即古时靠码头经营日杂、布匹、烟酒、作坊和客栈的商铺。因山体滑坡，安溪河改道，这里逐年凋敝。

　　张和平是原住民，追溯祖上三代，不仅殷实，而且特殊。遗憾"富不过三代"，张和平穷困潦倒，儿子三十五岁，仍然讨不到老婆。

　　宝珠岭村民都穷，独他儿子打单身。

　　前些年，有人"引进"越南妹，只要肯借一点钱，凑足六七万，就可以帮儿子领一个。张和平不愿意，其实是不屑，越南妹说话像公鸭子，怪怪的。他觉得娶个越南儿媳妇不成体统。

　　谁又料得到，彩礼费年年上涨。

　　他纳闷儿了，外面真的可以捡到大把大把的钞票?

年轻人一个个跑出去，回到村里明里暗里在攀比，盖新房，买小车，也有直接带回外面的新媳妇。

"我也去打工？"儿子开过口。张和平不允许，儿子老实，出去也搞不出什么名堂。他说："我们是农民，种田种地才是本分。"

宝珠岭山多田少，先民一向视土地为生命，荒田荒地，岂不可惜？

张和平年纪大了，确乎有点泥古不化。水码头老房子一栋栋被推倒，原址盖起水泥楼，不是自家的事情，他也嘀咕："糟蹋了祖宗的好东西。"

他住的当然是老房子，不是没钱，有钱他也不会拆祖屋。

张和平清楚，祖屋保存至今实属不易。父亲的爷爷是大财主，父亲的父亲名下很多屋，父亲三兄弟分家，各继承了一幢。全国解放时，两位叔叔的房子归了公，分别做了生产队和村办学堂，后遭人为破坏，只剩墙垣和屋架。唯他父亲的房子完整地保留了下来。

这里的缘由、过程却是一段传奇。爷爷为了巩固家族势力，送他父亲当"国军"，花钱捐了个尉官，不料拉去打仗，父亲在淮海战役中被俘，后加入解放军，参加了渡江战役和抗美援朝。父亲立了功，回来执意务农，不为别的，只为守住家业。

父亲是长孙,继承的祖业是主屋,最气派。厅堂悬挂的"百忍堂"牌匾还在,那是堂号。不是有钱人家都有堂号,而悬挂堂号的人家一定是名门望族。过去,看见人家有堂号,便知这户人家一定有名堂。"名堂"一词大概是这样来的吧。

父亲早已作古,他一生神奇而平淡,不居功、与世无争,生前也算受人尊崇。

张和平就默默无闻了,他一直想搞点名堂,苦于没有机遇,过了花甲之年仍不死心。现在村里荒田荒地,他让儿子找田地主人谈租赁,明知赚不了几个钱,但手中有粮,心中不慌,种田吃饭,踏实。年猪也养,扩大规模,本地土猪肉不愁销路。

意外的是,外面有人看中了他家的老房子,愿意高价收购,抑或用城里两套商品房置换。确信老房子很值钱,张和平高兴得合不拢嘴巴。但他不卖,祖屋是传给儿子的。他回人家话:"我死后,儿子做主。"

这事传了出去,说媒的蜂拥而至,踏破了他家的旧门槛。

说罪

她说自己有罪,逢人便说。很多次,她站在村里的祠堂前,急骤地敲打破脸盆,当当当一阵响,都乡邻簇拥过来,她就声泪俱下地讲出自己的罪孽。

年轻人稀奇看热闹,老年人知道她是"说罪",有时还会跟着挤出几滴眼泪。

村子不大,男人又都出去打工了,留守的妇女老人都听她诉说了一遍。接下来,她准备去人多的地方说。娘告诉她,听的人越多,罪就消除得越快。

她也体会到,说完之后,身体似乎轻松些。

起先,她不愿意说,难为情。娘发脾气,苦口劝:"要命还是要脸?"她就依了,这也是没有办法的办法。

娘家在邻村,翻过一座小山岗就到。她一直跟娘走得近,隔三岔五跑过去做点家务。有一段日子,她觉得全身乏力、头晕,吃不下东西。娘问:"看了郎中?"

"看了,郎中说我没病。可我耳朵轰轰响,眼睛越来越花了。"

"那样呀——眼花！怕雷不？"

"怕雷，更怕霍闪里（闪电）。"

"天啦！是不是有罪？"

"？"

"老话说，爹头上犯罪怕雷，娘头上犯罪怕霍闪里。"

"我对你们不差呀？"

"是不差。那边呢？那边也是大人啊！"

那边大人指的是她的公爹和婆婆。公爹走得早，她没敬过香，也没烧过纸，但她听说妇道人家可以不上坟。婆婆快八十了，行动不甚方便。提到了婆婆，她心一沉，苍白的脸凝重起来。

娘追问，她坦白了。

"是报应！"娘十分肯定。

"那怎么办？"她害怕了，没了主意。

"把罪行说掉。"娘还告诫她："单是说也没用，得马上改，边说边改。"

时间就是生命，她回去就帮婆婆洗了头。婆婆的头发长年不洗，解开头巾有一股浓酸味。

婆婆住侧屋，几块木板隔出的房间，里面只摆了一张床、一只小马桶。以前她不进去，臭气难闻。丈夫出去打工时有交代，给娘一口饭吃就行。她真的就弄好饭，摆上桌，外面喊一声，婆婆愿意吃就吃，不愿出来她就收碗走人。

这些事，她在村里都说了。可她身体没有明显好转，应该还有更深的罪孽吧？

过了两天，她理了理头绪，一早动身去街上的南门菜市场，那里人多。可她腿脚无力，行动慢，晌午才到，菜场的人不多了。她拉住一位大妈，就像抓到一根救命草。

"大娘行行好！我有罪，听我说一下自己的罪行可以不？"她是乞求的。

"说罪，现在又兴这个？"大妈愣了愣，记得以前有这个风俗，但好多年都没有再看见。倾听也是行善，大妈站定。问："你有啥罪呢？"

她顿了顿，吸口气，才滔滔不绝地说开了。

她说自己是白眼狼，婆婆年轻时什么事都帮她做。可婆婆老了，她衣服也不肯帮婆婆洗一件；有一次，婆婆想吃馒头，丈夫买了，她怂恿自己的儿子守在村口吃了。

她说："最缺德的是，儿子不吃的粽子丢进潲水桶，我捞起来给婆婆吃了。"

围观的人多起来，有人摇头，有人叹息。

大妈说："你真是有罪！"

她接着说:"是啊!所以我遭到报应,天天浑身无力、头皮发麻、满眼金星。"

这时,一位老大爷插话:"妹子,你这是病,不是什么罪。"

她反而伤心地哭了,眼泪簌簌:"大爷!我没病,我真的是有罪。"

老大爷说:"你做的那些事确实不对,要改!但我不骗你,我是退休医生。看你的脸色,还有你的症状,应该是贫血。你去正规医院做个化验就知道了。"

她张开嘴,傻傻地不知所措。

大妈微笑道:"真是上天保佑!因为你说罪,所以碰到了贵人。"

她点点头,脸上露出宽慰的笑容。

意外

老太太右臂骨折，住在中医院的外科病房里，伤势明显好转，人却突然死了，十分蹊跷。

病房有三张床，仅住了她一人。清晨5时左右，值班医生安排急诊患者入院，发现老太太倒在床边，已无生命迹象。

家属接到电话，跑去医院。儿子惊慌失措，只顾喃喃自语，"怎么可能？昨天吃晚饭，母亲还是好好的。"到底儿媳清醒，发现婆婆印堂上有明显淤青，一招致命。

谋杀？！

刑警队来人了，现场勘查、监控技术、询问记录，该来的全来了。陪同的管辖民警突然发觉，死者是一起悬而未决的纠纷当事人。

半个月前，老太太在马路上摔倒，一位小伙子送她上医院，还垫付了挂号和透视费用。匆匆赶来的儿子对小伙感激涕零。儿媳银行取钱随后到，还钱给小伙子的时候，她随口问婆婆:"咋回事?"

婆婆吞吞吐吐:"被他的自行车撞了一下。"

事情发生急骤变化,无论小伙子怎样解释、怎样委屈、怎样暴跳如雷,老太太的儿媳就是不肯放过他。

纠纷闹到派出所,民警也为难。民警遍访附近的商铺住家,找不出目击证人。事发地又是天网盲区,这事就暂时搁了下来。

小伙子急得不得了,群发微信寻找目击者,无果。他一趟趟跑去派出所,愤慨写在脸上。

管辖民警介绍完,负责询问的副队长合上记事本。副队长在思考另一件事:老太太一个人住病房,家属怎么不陪夜呢?

儿媳妇敏感,公安破案,怎么查询受害者家属?但她还是回答了副队长的话:"开始我老公陪,后来婆婆可以下床,就不让我们陪了。"

这话不假,护士可以作证。

"……老太太好像很怕儿媳妇。"护士想了想,继续补充说,"其实,老太太早可以出院,她儿媳不同意,儿子也不让她回家。"

副队长打抱不平,应该与案件无关,女人不好惹。他谴责老太太的儿子,为什么不让母亲回家?

儿子慌忙辩解:"不是的,不是的!老娘要回家,是要回乡下的老家。"

提到老家,儿子潸然泪下。

父亲死得早,是母亲一个人把他拉扯大。家里实穷,有两亩田,没有劳力,租给了别人,一年也就收租金五百元。母亲种点菜,便是他们全部的生活来源。

偏偏母亲还要供他读书。

有件事刻骨铭心:那是他读初中,寄宿学校,母亲背米来帮他换饭票。食堂的师傅不肯过秤,说母亲的米总是混杂,母亲苦苦哀求,双膝触及地面,坦言米是百家要来的。

母亲的举动,儿子触目惊心。在他眼里,母亲一向体面,虽然衣服补丁,但干干净净。

这次偶然发现,让儿子坚决要退学。母亲打了他一巴掌,并严厉地说:"你必须读书!必须有出息!"

儿子仿佛一夜间长大,学习之余,偷偷去工地做零工,平时也帮同学跑跑腿,赚点零用钱。高中毕业,他考取了师范,大学四年,他也是这样过来的。

感谢现在的老婆,恋爱之初便没有嫌弃他。两人白手起家,在城里安顿了下来。老公接母亲一起生活,老婆也没有反对。

反而是母亲，总觉得自己是个累赘。儿子贷款买房，孙子读兴趣班，到处都得花钱，她帮不了一分。家务事也做不好，炒个菜总是咸——她习惯多放盐。

出事前，母亲就说过，要回老家去。出事后，母亲性情大变，惶惶不可终日。花儿子的钱看病，她心痛；把小伙子牵连进来，她自责。母亲没有说出真相的勇气，所以总跟儿子说："送我回老家！"

儿子不同意，更不高兴。要知道，"回老家"是乡下骂人的话，不吉利。真没有想到，母亲的话竟成谶语。

下午刑警队开了案情分析会，研判老太太死因。

取证材料表明：（1）死亡原因，外伤。（2）窗户无攀爬痕迹。（3）走廊监控录像完整。昨晚20点13分，老太太去了一趟公厕，20点35分回房。之后无人进出房间。（4）今晨5点09分，医生护士送急诊病人入院，还有患者家属，同时发现事故现场。

鉴定结论：意外死亡。

治病

五个儿子齐刷刷地跪在床前,默不作声。邹先良开始吓了一跳,继而凶巴巴地冲儿子吼:"老子还没死呢,你们有话就说,有屁就放!"

老大侧脸看看其他兄弟,鼓足勇气,说:"爸!我们出院吧,回家我们加劲伺候你。"

"哈!"邹先良一声冷笑,侧过身背对着儿子,脸色瞬间阴森了下来。

老伴坐在床头,左手搭在他膝盖上,右手摆了摆,示意儿子离开病房。她眨巴眨巴眼睛,把欲坠的泪挤了回去,柔声道:"老邹啊,崽说的话也是我的意思。你想想看,你的病这里治不了,要转去上海什么医院动手术。花多少钱不说,我们可以借。问题是上海也不保险,医生说开刀就有可能回不来。"

邹先良怒不可遏:"还说呢,我说不来看医生,你们非要我来;现在看出了毛病,又要我回家等死。"

老伴强作笑脸说:"看医生没错呀,起码我们知道了原因。回家怎么是等死呢?你可以好好休息,有药吃药,心放宽,说不定就好了。"

半年前,邹先良就有状况,时不时头晕目眩。他不在乎,才五十几岁的人,能吃能睡能干活,会有什么病?岂料症状偏偏严重了,路上走着走着,他会突然像瘟了的鸡,往一边栽。老伴软缠硬磨,老邹才同意上医院,躺进CT室,发现脑袋里面长了鸡蛋大的肿瘤。

怎么会这样呢,邹先良百思不得其解。按乡下的说法,这是报应。平心而论,邹先良心不坏,他没做过对不起乡邻的事情——莫说做,他想都不敢想。邹先良无兄无弟,无钱无势,在村里只有受欺的份儿。生产队派活,重活累活永远是他的;包产到户后,人家不管他是不是刚撒了化肥,随时可以刨开他的田埂放水……

正因为如此,邹先良拼命地造小孩。多谢观音菩萨,老婆胎胎都是男孩。

五个儿子长大真不容易,邹先良吃尽了苦头。老三出生,罚款;超生老四,搬走了家具;老五降生,家里空空如洗。好在邹先良守住几亩田几分地,勤垦勤种,维持了全家的基本口粮。

现在儿子长大了,最小的也十八岁,个个人高马大,村里人早已刮目相看。兄弟多，势力大。五兄弟倒也不蛮横无理，本分却不安分。邹先良把田地交给他们打理，老大竟然带领兄弟搞起了养殖。

起先邹先良不同意，儿子说："家里这么穷，谁会进我们家的门？"说到邹先良的软处。儿子大了，邹先良想抱孙子，儿媳还不知在哪儿呢。现在农村谈婚论嫁，彩礼动辄几十万，邹先良无能为力，就由他们折腾吧。

放干田里的水，搭上几个简易棚子，儿子办起了土鸡场。说是放养，田里什么都没有，全靠喂饲料。不知饲料用了啥科技，鸡长得特别快，个把月就可批发出去。如此循环往复，家里慢慢有了些积蓄。

儿子尝到了甜头，又承包了村头的池塘养鸭子。鸡场缺人手，邹先良去帮忙，他喂鸡放鸡，也常常捡到奄奄一息的鸡。到底穷怕了，病恹恹的鸡他舍不得丢，清蒸难入口，辣椒壳爆炒，咸味十足。

记得家里以前养鸡，母鸡生蛋，线鸡过年。同样是放养，喂的是菜叶拌米糠，杀鸡过年，那香味满屋子飘。

妈了个巴子，老子的病肯定跟鸡有关系！邹先良躺在病床上左思右想，猛地坐直身。

"茶花，茶花！"他喊老伴。

老伴站在病房门口掉眼泪，正同儿子商量，老头子接回家，怎样让他高兴呢？他吃穿不讲究，唯一想的是抱孙子，不知来得及来不及。大儿子说："都什么时候了，哪有心思想这事。"老伴听到老公叫，连忙用衣袖擦干泪，快步走进去。

"有事吧？"

"去，把崽叫进来！"

儿子依次走进来，毕恭毕敬一字排在床前。

邹先良说："我想好了，你们要我回家也行，但必须依我一件事。"

"你是一家之主，有什么事尽管吩咐。"老伴说。

儿子鸡啄米似的跟着点头。

"你们把养鸡场关了，我们不赚那个钱。"邹先良斩钉截铁，喘口气接着说："田不要再荒了，该种什么种什么，我们有口放心饭吃就行。"

老伴愣住。儿子也目瞪口呆，个个面面相觑。

峰回路转

老汪右眼跳个不停,从门联下方撕了一点红纸屑贴在眼皮上,仍然镇不住,心里便七上八下。傍晚时分,小龙果然打来电话:"爸!我被他们扣了起来,你准备十万块钱送过来。"老汪放下电话的当儿,立即想到操家伙。他在屋里转了一圈,找出一只脸盆,一节木柴,跑到晒场急骤地敲打起来。

当当当!

他一边高喊:"不得了啦,我崽被上汪人抓走了,大家快来帮忙。"

这是西湾村的集结号,铜锣一响——没有铜锣敲脸盆,成年男子会自动聚集祠堂,情绪高涨地等待族长发号施令。

西湾村同上汪村积怨已久,它们不在一个省份,却山水相连,同处皖赣边界。西湾多为汪姓人家,上汪反而姓赵的多。历史上,汪、赵两姓因林产水源常发生纠纷,小打小闹时有发生,严重时以命相搏,互有死伤。

老汪很小的时候就成为一个孤儿,他父亲在一次械斗中丧命。那是1965年发生的事情,当时老汪四岁。他父亲其实很能打,会家子,十八招扁担功夫舞得八面威风,无人近身。上汪村人早有准备,劈头盖脸的石灰迷住他的眼睛,乱棍打死。老汪是村里养大的,这是族规。他寄养在一位堂伯家,虽然吃穿不愁,但终究缺少温暖,老汪对上汪村仇恨有加。

那次械斗,公安局抓了人,枪毙了上汪村的凶手,西湾村也有人坐牢。这以后,大规模斗殴没有发生,而群体事件接连不断。为此,两地政府多次磋商,于1996年成立了全国第一个跨省的边界地区联合调解委员会,矛盾才有点缓和。

老汪脸盆敲得山响,这是久违的召集令。簇拥祠堂的都是一班老人,年轻人寥寥无几。西湾是传统茶乡,清明谷雨时节忙碌,其余时间空闲,年轻人喜欢下山找工作。

族长说:"就我们这些人去上汪,肯定讨不到赢。"

老汪说:"我们可以打埋伏,先抓他两个回来当人质。"

族长说:"他们要是反过来抢人,我们还是要吃亏。"

老汪说:"那怎么办?"

族长说:"我们不是在商量嘛。你不要急,这事恐怕要从长计议。"

老汪说,"这事不能等,明天我就带大龙去要人。"

老汪怎么不着急,小龙是他的宝贝儿:小龙聪明,小龙孝顺,更重要的是小龙会赚钱。别人都是守着几亩茶山,小龙另辟蹊径,学会了食用菌种植技术,独树一帜。西湾素有"八山一水半分田,半分道路和庄园"之称,垦地面积有限,小龙就兼营食用菌制种业务,生意做得风生水起。

肯定有人向乡里汇报了,大清早,乡司法所就来了人,了解情况后立刻通知联合调解委员会。有政府介入,老汪悬了一夜的心总算踏实些。

事因并不复杂,上汪三户村民买了小龙三万袋香菇菌种,种植后认为菌种有问题,以需要技术指导为由,把小龙骗过去扣留,要他赔偿十万元。

通过联合调解委员会的斡旋,当事人达成谅解,并签订协议:三户村民把所有的香菇菌棒、钢架和遮阴网一次性作价五万元卖给小龙;小龙在原地种植香菇,收获结束后交还土地。

新的问题又出现了,西湾至上汪要翻山越岭,小龙两边管理不甚方便。

赵凤英说:"这边我免费帮你看护,条件是你有空就过来教我种植技术。"

这好办!

凤英是当事人之一的女儿，小龙扣压在她家里。凤英对小龙早有耳闻，心生钦羡。扣留小龙期间，凤英担心他受到惊吓和委屈，没事就陪他聊天，茶水周全。小龙发现，凤英心地善良，有文化，活泼可爱。当然，凤英也长得特别漂亮。

小龙离开上汪的时候，凤英主动提出送他一程。

他们走在盘山古道上，这是始建于明清年间的青石路，两边林密草深，山雀啁啾。两人在一座石拱桥上停歇下来，桥下溪流潺潺，小龙兴趣盎然，他似乎还是刚发现，这里的景色如此美妙。

小龙问凤英："为什么你要送我呢？"

凤英笑着说："张学良放蒋介石也给足了面子。"

"你不怕我反过来软禁你一辈子？"小龙见凤英没反应，接着说："我要把你变成宋美龄！"

"你又不是蒋介石！你是坏人！"凤英羞答答，一个迷人状，说完转身往回走。

小龙连忙追了过去。

加油

小南门是琵琶洲早先最热闹的地方，南北杂货、布号、药店、银店和棺材铺等，应有尽有。废弃的城墙脚下有家榨油坊，整条街都飘着开胃的香味。

榨油坊是彭友良开的，祖业。彭友良膝下一儿，还未成年，他请了两位帮工。开榨的时候，帮工打着赤膊，推动吊在梁上的撞杆，撞击插在榨槽上的木楔，嘴里喊着号子：

秋季里来秋叶黄 / 细妹灯前卸晚妆 / 眉毛描得浓又香 / 独守空房无人陪 / 叫声细妹莫乱想 / 哥在南门榨油坊 / 有朝一日回家转 / 日同板凳夜同床。

帮工唱一句，用力推一次杆，"咚哐！"沉闷的撞击声四处扩散开来，节奏分明。

号子是彭友良口传的，他满肚子顺口溜，还有更荤的段子。劳作时或唱或号，可以驱逐疲劳和单调。但儿子在，他不唱，也不许别人喊号子，于是作坊里便只有"哼嘿哼嘿"的嗟叹声。

儿子懵懂少年,彭友良怕他学歪了。他早有打算,决不让儿子再干家传的行当。

榨油坊技术含量不高,先烘焙油菜籽或芝麻,碾磨成坨,上甑过蒸,倒在模具里踩实、用稻草包裹成饼状、铁箍固定,再按顺序排进粗壮树干挖空的榨仓中,撞击木楔挤压,黄亮醇香的油脂便一滴滴溢出,完全是体力活。

彭友良执意送儿子上了学堂。

儿子懂事,为了节省买课本的钱,他白天上课,晚上借同学的课本誊抄。他的课本很特别,毛边纸装订的小册子,封面描了兰草,里面蝇头小楷很工整,插图更是惟妙惟肖。

彭友良常常为儿子掌灯到深夜。

那时的灯油珍贵,百姓习惯早睡早起,无事不点灯。洋油(煤油)轻易打不到;家里办大事才点蜡烛;本地不产桐油,春季里油菜花漫山遍野,所以,平常人家还是备灯盏急用,点菜籽油。

彭友良的家倒是有掌灯条件。当然,澄清的菜籽油,他也舍不得。每次取出榨干的箍饼,榨仓的四壁,用猪毛刷总能刷出几两油来。刷下来的油也能食用,只是粘合细微的草屑和饼渣,他不肯掺在澄清的油品里出售,留下自家炒菜或点灯。

做事做人总得凭点良心。

家里生活固然紧迫，为了儿子的前程，彭友良甚至想，自己再苦一点，也要创造条件广积善缘，祈求上天的保佑。

他记起听过的一则故事：

清朝有位举人张瑛，为官三十余载，儿子念私塾期间，他热心善事。每当午夜交更时分，他都派差役挑着油篓巡城，发现哪户人家有人挑灯夜读，就帮他添一勺灯油。这是"加油"的由来！给别人加油，就是给自己添彩。张瑛的儿子因此成为一代贤相，就是张之洞。

彭友良暗下许愿，有样学样，依样画葫芦。

全城读书人的灯油送不起，一条街可勉强应付，彭友良打听清楚了，小南门另有四户人家的儿子在读书。由近及远，他们分别是棺材铺林掌柜的儿子、理发店王师傅的儿子、银匠金老板的儿子和布号周掌柜的儿子。

彭友良也不是天天送灯油，等到换箍饼的那一天，刷下榨仓的油，如不够，好油凑。是夜，他左手托着盛油的砂钵、右手拿把勺，依次敲开邻里的门。

第一次敲门，四个家庭都惊到了。特别是布号周掌柜，他是富裕人家，没想到有人会送灯油。彭友良说，他是为读书的孩子"加油"。如此好意，他们便欣然接受了。

彭友良发现,往后送灯油,他们灯盏的凹窝几乎都是满的,添不了几滴油。彭友良还发现,其他家长也有表示,王师傅上门为学生理发不收钱,周掌柜为学校募捐是最多的。

或许小孩受到鼓舞,读书越加刻苦用心。

不过,棺材铺林掌柜的家除外,他家换了一盏大灯盏。

熟悉林掌柜的都知道,他爱面子,又喜占便宜。其实他儿子不是读书的料,三天打鱼,两天晒网,晚上更不会读书。彭友良送灯油的当儿,林家儿子只是做个样子,彭友良转身出了门,他家就吹灭了灯,灯油省下来炒菜。

后来他儿子继承了父业。

其他小孩还算出息:布号周掌柜的儿子去了日本留洋;理发店王师傅的儿子在上海勤工俭学;银匠金老板的儿子本地做了教员。

彭友良的儿子也彻底改变了命运,成为一位有名的画家。

包馅粿仂

年前儿子来电话，说春节不回家了。父亲默许了，放下电话的当儿，他却跟老伴发牢骚："讨得个外面的儿媳妇，赔掉了一个崽。"老伴连忙喝止说："只要儿子过得好，回不回家过年无所谓。"

儿子在宁波工作了六年，年年都回家过年。去年儿子完了婚，儿媳是当地一家企业老板的独生女，丈母娘留新女婿过新年，他就答应了。儿子也是有所顾虑，老家条件差，妻子回去不方便。

妻子还是女朋友的时候，他带她回来过一次。女朋友不肯住家里，在县城的宾馆开房。他家在乡下，一栋矮瓦房，四面漏风。女朋友数落他，进出都是黄泥巴，解手要去房子外面的东司（厕所），屋里屋外一股怪味道。

女朋友说归说，并没有嫌弃他，反而愿意出资为他家铺路盖房。只是他的父母放不下面子，也是穷窝难舍，房子依然保持了原样。

父母没有想到,大年初五断黑的时候,儿子突然独自驾车回来了。儿子把后备箱一大堆东西搬进屋,母亲热饭热菜也摆上了桌。儿子路上饿了一餐,晚饭吃得狼吞虎咽。父母看在眼里,疼在心上。儿子说:"那边都是海鲜,还是家里的饭菜有味道。"父母对视了一下,会心地笑了。

儿子告诉父母,他是躲应酬,也想家,回来住一天。自从带女朋友回过家之后,他回家也不住家里。今天开车累,得早点去宾馆休息,他说明天在家吃碗年糕就赶回去。临出门的时候,儿子讨乖似的跟母亲说:"我记得姆妈包的包馅粿仂很好吃!"

"包馅粿仂"是家乡的一种米食,老少皆宜。大凡立春前,家家户户都会做年糕,有些人家会用做年糕的料,顺便加工少许的包馅粿仂,平时轻易吃不到。专门做包馅粿仂烦琐,糯米粳米按比例掺在一起浸泡,用石磨碾成米浆,滤水,揉搓,包馅,上蒸笼,费时费功夫。馅也有讲究,肉末与豆沙,得看各家条件,一般人家都是用萝卜丝和韭菜。

目送儿子的轿车离去,父母返身闩门睡觉。父亲宽衣的时候仍有喜色,他得意地跟老伴道:"崽还是喜欢吃家里的饭菜。"

老伴接腔:"是呀,他还说我包的包馅粿仂好吃!"

"现在哪里有包馅粿仂?"

"要弄也有,家里存有一些糯米。"

"来得及?"

"来得及!"

"不困?"

"不困!"

两人说着,不约而同重新穿上衣服。母亲先量米,注入温水,应该可以缩短浸泡的时间吧?父亲开门打着手电筒去菜地,母亲便提水冲刷屋檐下的石磨。

外面北风凛凛。

父亲拔萝卜割韭菜回来,两人发生了争执。母亲抢着洗韭菜,父亲不让,说她手上的冻疮开裂得厉害。母亲又不准父亲洗韭菜,她说:"你太马虎,洗不干净,儿子会吃出沙子。"

其他事情倒也默契,两人通宵达旦,总算大功告成。

儿子早上姗姗来迟,懒洋洋地坐在饭桌上,父亲立刻帮他盛了一碗白菜煮年糕,母亲随即端出热气腾腾的蒸笼。儿子瞥见蒸笼里的包馅粿仂,愣住,问:"怎么还有粿仂?"父亲答:"有有,萝卜丝、韭菜馅的都有。"

母亲站在儿子的身后,信手摸着自己干裂的手,脸上露出轻轻的笑。

儿子用筷子慢慢夹起包馅粿仿，吃一口，韭菜馅的，嘴里却不辨滋味。他眨眨眼，夹过一个萝卜丝的，咬一口，嚼一嚼，还是味如嚼蜡。

他有点纳闷儿，这味道怎么同小时候吃的不一样呢？

油水

我读初中，正是物资匮乏的年代，班里同学大都面黄肌瘦。余进宝特殊，虽然衣服破旧，但脸色红润。他爹是屠夫，家里不缺油水。别人家炒菜，用肥肉在烧红的锅壁上擦几下，一块肥肉用好几天。那时物资都是定量供应，有钱也难买猪肉，每月吃次米粉肉，家境算好的。

另一位同学叶宽生，脸色也油光锃亮，这就有点怪！他兄弟姐妹多，父母没有固定工作，专做宴席的掌勺大厨，有一天，没一天，等到人家预约日期，大板车拉去锅碗盆勺和桌凳，事后计桌收费，赚不到几个钱。

我们这个小地方，吃的是商品粮，生活习惯与农村无异，婚丧嫁娶、寿诞乔迁等风俗也大抵相同。

操办喜事的人家，天没亮就把猪捆送余进宝家。他爹早已架火烧好一锅滚水，大家帮忙把猪按在案板上，余进宝的爹操刀放血，抬上锅台滚水里浸泡，刮毛去污，再放在案板上，开膛拆骨。拂晓时，主人欢欢喜喜，用箩筐把猪肉、散骨和洗净的内脏担回家。

对了，余进宝的爹不忘留下一刀槽头肉，两斤不到，一斤有余，这是不成文的规矩。有时他爹还会开口，要主人匀一些板油，扣一点他的工钱。

我见过他家熬好的猪油，雪白泛黄。那是学校"开门办学"，轮到我们班寄宿偏远的分校，半农半读。同学们带去腌制的咸菜，余进宝另外还带去装满搪瓷大茶缸的猪油。

余进宝挺舍得，给我们几位要好的同学常打牙祭。从食堂打四两甑蒸的米饭，热气腾腾，端回宿舍，一人挖半调羹猪油，倒点酱油，那拌饭真香，至今记忆深刻。

有一次，班主任撞上了，余进宝端着茶缸递到他面前，班主任挖了一大勺，眼睛笑成一条缝。

班主任姓贺，扁嘴巴，吐字不清，"工宣队"出身，同学们不怎么喜欢他。我们几位调皮的同学，贺老师也不怎么待见。自从吃了余进宝的猪油，贺老师在班会上表扬："余进宝同学团结同学，乐于助人。"

余进宝来劲了,跟我们说:"我要给贺老师再吃一次猪油。"

我们知道,贺老师真正喜欢的是叶宽生。

叶宽生成绩好,学习委员,受表扬最多。我们心里不服,屡屡借故不约而同地欺负他。

我们有杀手锏,知道他父母一件糗事。当然,这个把柄轻易不会使出来,"打人不打疼处,骂人不骂真处"。大人是这样告诫我们的。

叶宽生的父母掌厨,说复杂不复杂,辛苦是肯定的。我们这里宴席,无须菜单,上菜几乎一模一样的,称"水桌席"。用大锅把猪肉煮熟,再用煮肉的汤烹制各种汤菜。

上菜顺序也相同:四冷盘,水果罐头、新鲜水果、酱牛肉、烤鸭;大盆的大杂烩;四盘热菜,白切大块肉、红烧鱼、两道小炒肉;再上八种蓝边碗汤菜,油条汤、豆腐丝汤、粉皮汤、小肉丸汤、豆泡汤、海带汤、蛋汤和雾汤。雾汤最讲究,配料有猪肝、腰花、油渣、香菇、豆芽等,剁碎入锅勾芡。最后两道小炒,荷包辣椒、油淋青菜。

"水桌席"为本地特色,传承有年。

叶宽生父母的糗事便与"水桌席"有关。一次散席后,结了工钱,他父母收拾带来的家什,装车,绳子突然断了,钢精锅掉在地上,摔出一刀没有加工的猪肉。东家正好在旁边，双方尴尬。

至于最后那刀猪肉归谁了，就不得而知，也不重要。

我们慢慢长大，那事也渐渐忘却，无人再提起。

高中毕业，我们赶上恢复高考，班里七位同学考取了大学，其中有叶宽生。其他同学当兵的当兵，招工的招工，各奔东西。

我们班最有出息的也是叶宽生，大学毕业回到小县城，一路摸爬滚打，主政一方。

余进宝也不错，当兵回来安排在商业局，后来下海办公司。据说叶宽生帮了他不少忙，我们老家旧城改造，余进宝揽了不少工程。

高中毕业四十周年同学聚会，余进宝承担全部费用。同学们从四面八方拢来，异常兴奋，好多同学毕业后第一次见面，相见不相识，变化真大。

有同学寻找叶宽生："他怎么不来？"

余进宝悄悄地说："他进去了！"

同学们愕然，短暂地安静了下来。

一张菜票

同学之间喜欢"发誓",那是当不得真的。

我和初中同桌毕业时在一张纸上写了"友谊天长地久"之类的话,签名后剪成两半,各自收藏,岂料我们高中还是同班,忘了因为什么事发生矛盾,以至毕业很多年,我们都没说过话。

那是成长的插曲,回忆起来蛮有味道。

高中毕业,我和三位同学在照相馆合影留念,大家信誓旦旦,约定以后每年合影一次。我们坚持了几年,终究没有坚持下来。

这三位同学是我小学到高中的同学,又是邻居,一起上学,一起打乒乓球,坏事也一起做。

记得一次偷板栗,我们围住摊位,一人抓一把问价钱,借口人家的贵,随手丢回去,手心留下两个。摊主猛然抓住老二的手,说:"知道你们搞名堂,盯你们好久了。"老二脸通红,摊开手掌,板栗落了下去。回家的路上,我们欢天喜地吃板栗，老二从口袋也掏出一个，得意地说："我还有一个。"

我们笑成一团。

都说我们是异姓兄弟，我们没有正儿八经地结拜，但确是按月份大小，相互间称呼老大、老二、老三和老四。

老二应届考取大学，老大、老四复读后考取中专。

我是老三，在家待业了两年，招工去了外地的一家大型企业。

老二的母亲曾说："老三最调皮，以后准有出息。"

这话明显说偏了。我知道他母亲为什么会这样说。

上学路上，我悄悄溜进老二家的厨房，捏着鼻子装猫叫，拨动灶台上的碗发出叮叮响。他母亲抓把扫帚赶过来，看见我，哈哈笑："又是你这个调皮鬼！"

她藏在衣柜里的花生被我翻了出来，老二没少吃，我们干完花生，又把玻璃瓶塞回原处。过后她知道，也不责备，并断定："除了老三别人做不出这种事情。"

在老二家，我们最放肆：做作业也好，嬉闹也好，真正可以翻箱倒柜。

我家不行，父亲严厉，我在家只能装老实，弟兄们也躲避他；老大兄弟多，房子小，轮不到我们打闹；老四父母是干部，作古正经，我们也不常去。

其实，老二父母最有文化，是建筑工程师。老二遗传了父母基因，喜欢阅读，《趣味天文学》《航海知识》之类，他什么书都阅读，知道世界各种名表品牌，能辨所有名车标志。

他毛笔字也写得好。有次吃罢年夜饭，我蹿去他家，老二正用写对联裁下的边角纸写我姓名，接着是"永垂不朽"。字是好字，可有点恐怖。

老二有点怪脾气。除了我们三人，他与其他同学不太交往。他母亲说："你们性格互补，要做一辈子的兄弟。"

老二大学毕业分配在建设局，老大、老四读的是师范，当了教师。我们一直保持通信，过年的时候，我请探亲假，他们谁有空谁陪我，谁家有好菜必叫我吃饭。我们几乎天天碰面，没事就上街"巡逻"。

对了，头几年我们还记得照合影。

他们也去过我的工作单位，那时工资低，他们跟我一起吃食堂，一起挤一张单人床。老二来的那一次，正巧我参加设备抢修。他住了三天，我下班回宿舍，都是他打好饭菜。

他走的前一夜，我俩聊了一宿。老二肚里真有货，人文历史，天南海北，滔滔不绝。

随后大家都结了婚，有了孩子，我回老家的次数也少了。当时家里装了程控电话，有事联系，没事间或也会问个好。

听说，他们三人见面也不多。我回去了，他们轮流在家做一次东，大家拖儿带女聚一下。

我们同其他同学的来往就不多了。

高中毕业三十年，我们同届有过一次大聚会，策划人是我的初中同桌，现在他是镇长。此后，同学们恢复了联系，起劲的是那些混得好的、有钱的或者可以买单的。我的初中同桌经常打我电话，我到底喜欢凑热闹，有时为了吃顿饭，驱车二百多公里。

我那仨兄弟很少参加这样的活动，特别是老二，他不喜欢这种场合。他也当了副局长，手上有工程有项目，人家宴请，他从不露面。有人送礼，他一般不收，实在推不掉，花钱买同等价格的礼品送回去。

老二的老婆叫苦连天，花钱没有买到自己需要的东西。

我赴约的次数多，轻易不惊动三兄弟，回去偶尔打个电话。老二说："回来了有空就过来坐一下，我也想你。"

有次酒喝高了，老二把我接回家，浓茶伺候，陪我聊到深夜。聊从前，聊到他去我的单位，他突然去书房拿出一张菜票，红字蓝底，面值二角，那是我单位食堂原先使用的，早过期了。他说："还是以前单纯快活！"

百年茶号

"茶兴于唐、盛于宋",那个时候,以茶待客是一种时尚。明清时期,茶叶贸易迅速发展,尤其清朝,外销猛增,茶商一跃称雄中国商界。"商人重利轻别离,前月浮梁买茶去"是白居易记录的文字,暂不论重利轻情的事情,浮梁无疑是名茶之乡,每年都云集八方的商贾。

天祥和天瑞是双胞胎兄弟,从小跟着父亲学制茶,"杀青"技术不错。父亲在一家茶号当"掌号",总管制茶工艺,经验丰富。

茶号与茶商有所不同:茶号如同现在的生产厂家,主要加工制作;茶商则是仓储、贩卖的贸易公司或个体。

天瑞说:"我们干脆自己办个茶号!"

天祥问:"行不?"

父亲不置可否,但明显怂恿:"你们商量好了,我就辞掉东家帮你们。"

天瑞点子多,人也机灵,天祥一直听他的。按说,天祥从娘肚子里出来早半袋烟工夫，是哥哥。兄弟成年后，长相相近，而挂在脸上的表情，哥憨弟巧一目了然。

祠堂场面大，出点租金当作坊。父亲果真辞了东家，还拿出全部的积蓄——不多，收购百十担毛茶尚可应付，反正走一步看一步。

茶号年年有人兴办，也年年有茶号关闭，后面的事情谁说得清楚。

天瑞踌躇满志，架子搭得规范，"祥瑞茶号"，分工明确。天瑞自任经理，统管日常事务、掌控运销；父亲还是挂名掌号，物色茶工，负责筛场、扇场、拣场等加工环节；天祥是账房兼庄客。

庄客的职务同样重要：收购毛茶、鉴别质量。天祥的口碑不错，他弃陋规，不用二十三两大秤，不收"秤钱"，也不抽"茶样"。所以，茶农采摘的毛尖嫩芽都欢喜卖他，价格公道，赊欠也无妨。

父亲是精细加工的行家里手，"祥瑞茶号"一炮走红。上海茶商看中了他们的珍眉、熙春等品种，希望长期合作，特意邀请天瑞去上海走一趟。

天瑞大开眼界，也了解到了行情，更是雄心勃勃。茶商主动提出放贷，他求之不得，决定扩大加工规模。

哥哥竟然不同意。

天祥认为亟待解决的是要有自己的作坊，多开小窗，规范制作。虽然祠堂通风，但门庭、天井过于透气，保不全茶叶的香味。哥哥的长远规划是每年购置几亩茶山。

这件事情，父亲偏袒天祥。

兄弟谈不拢，只好好聚好散。这并不影响兄弟的关系，人各有志、树大分枝嘛。所以，"祥瑞茶号"分成了"天祥"和"天瑞"两家茶号。

天祥按部就班，加工规模维持在八百担左右。茶叶加工每年一个季节，其他时间，天祥除了打理茶山，铺路造桥也出钱出力。但他更热衷"义塾堂"事务，儿子慢慢长大，要有个断句识字的地方。

"天瑞茶号"发展迅速，产量年年翻番，第三年突破三千担。天瑞运销灵活，不仅就地批发，还在上海开设茶栈，顺便经营景德镇的茶具，风生水起。

天瑞赚得钵满盆盈，便与中外巨商为伍，荟聚十里洋场。沪北洋场珍奇耀目，灯红酒绿，天瑞出入"顺风"牌轿车，日日奥斯登酒吧，春风得意。

家里的事情，天瑞全权委托妻弟打理，再也不愿回到穷乡僻壤的地方。

却有一日，天瑞匆匆回来了。他与哥哥商量，"天瑞茶号"暂停加工，收购的毛茶全部转让，他急需还贷的资金。

弟弟有难处，天祥不可能袖手旁观。

问题是"天瑞茶号"积存的毛茶多少天没有翻晒，已经发酵。

天祥请教父亲。父亲说："那就赶快烘干吧。"

想不到父亲急中生智的办法居然成就了一个新品种——浮红。几经改进，"熏焙"加工的茶叶，色泽乌润，汤色叶底红亮，香气醇厚。1915年，浮红被推荐参加巴拿马万国博览会评比，荣获金奖。

"天祥茶号"声名远播，家里自然要兴建土木，风气使然。商宅规模有俗成的地位标准，石阶门罩可见一斑，不能僭越。四水归堂是必须的，这是聚财的象征，窗棂雕刻去繁从简，天祥也不太愿意张扬。

华厦落成的那天，天祥提着用荷叶包裹的白糖、萨其马、灯芯糕，另外割了一刀肉，登门求当地乡绅写了副对联贴在门罩的下方：

继祖宗一脉真传克勤克俭

教子孙两行正路惟读惟耕

"天祥茶号"至今是驰名商标！

半座桥

百顺布号

"无徽不成镇，无黟不成市。"说的是"徽商"遍及江南各地，有商埠的地方就有黟县人。长江沿岸的昌南镇尤为集中，钱庄、布匹、百货、南货等行当几乎被徽州商人垄断。徽商开业有个特点：无论独资，还是合营，店员几乎都是同乡宗族。

江唤之是昌南镇当地人，在徽商的商号当头柜，绝无仅有。

最初，他是警察署做文书的堂叔保荐进去学徒的。江唤之在船上长大，有年洪涝，上游冲下来的房梁把他家的木板船撞沉，全家人落水，独他爬上岸。当时他十六岁。堂叔同情他，介绍他去百顺布号，那是相当大的面子。

百顺布号的掌柜汪百顺举家迁居此地，临码头租了幢前店后寝的屋，还是刚开业，生意清淡。昌南镇另有一家永和布号，经营多年，分店十余家，顾客喜欢熟门熟路。

汪百顺接纳江唤之，显然经过一番考虑：一是初来乍到，要些当地人脉；二是暂时不肯惊动宗亲，店铺又确实需要人手。百顺布号为家庭经营，一家四口，妻子只管洗衣弄饭，不沾生意，汪百顺自己站柜台，儿子做水客（采购），闺女负责收银。

闺女收银还是勉为其难，她年龄小，十五岁，但她打得一手好算盘。她的名字真好听，叫雅悦，人也长得水灵。

江唤之学徒，开始自然是做杂活。早上开店卸门板，顾客上门，站在门口迎来送往。少东家采购回来的布匹也是江唤之负责搬运到店后面的库房。

东家进货有许多渠道，苏州、杭州、湖北、上海等地，都是大城市。布匹五花八门，各种绸缎和呢绒，还有机制棉布，包括万年青、安安蓝、阴丹士林、龙头细布、天字官布……江唤之分门别类，码放有序。

他经常主动盘库，提醒东家：安安蓝和龙头细布快没货了等等。

汪百顺便打发儿子出远门。

有天吃晚饭，江唤之同往常一样，拘谨地端着碗扒饭，桌上的菜也不敢下筷子。雅悦夹了一块咸鱼干送到他碗里。江唤之暗自高兴，觉得应该有所表现，他壮着胆对汪百顺说："绸缎呢绒卖不动，不如进些手工织制的土布，穷人也可消费。"

汪百顺采纳了，柜台上添了几个品种：蚂蚁柳、紫红、醉红和毛蓝，都是邻县进的土货。

土布销售比料想的效果还要好，虽是薄利，但销量大。更重要的是，土布带动机制布销售，百顺布号开始有了毛利。

汪百顺对江唤之有了好感，教他一些生意经：比如以诚待客，不少寸短尺。他教他一些常识，门幅有长短，剪裁同样一件衣服，布料所需的尺寸不同。汪百顺还让他知道进货的价格，有时出门应酬，柜台就交由江唤之打理。

江唤之学以致用，对顾客有问必答，只要有利可图，力求成交。到底吃活水长大的，脑袋瓜好使。江唤之提出开拓乡村市场，送货上门；老主顾购货，允许赊销等一系列促销手段。汪百顺同意了，放手让他尝试。

百顺布号发展迅猛，效益逐年递增，分店也开了起来，三四年功夫，市场占有率竟然与永和布号平分秋色。

江唤之的功劳不言而喻，汪百顺很是器重他，尽管老家招来不少乡亲，但依然让他做头柜。为了突出他的地位，汪百顺给他裁剪的衣服都是绸缎布料。

真是佛靠金装，人靠衣装。江唤之意气风发，每日穿梭于各个分店，发号施令。有时，他也走访大客户，春风得意。

而到了晚上，江唤之又心思重重，倒在床上辗转难眠。

他总是在黑暗中睁大眼睛，侧耳屏气细听阁楼上轻微的响动。

阁楼是雅悦的闺房。

雅悦是大姑娘了，皮肤雪白，一对大胸煞是撩人。江唤之有想法不是三两天了，他一直很努力，就是等待一个机会。

江唤之在昌南镇有点名头了，他决定不再等，中秋节过后，他托堂叔请来媒人，正式登门提亲。

汪百顺很是意外，一口拒绝。他明确表示，女儿怎样也得找个门当户对的人家。

没想到掌柜回得这么彻底，江唤之深受打击，羞愧难当。他想了很多，觉得掌柜对他不是真好，是利用，骨子里瞧不起他。江唤之愤然离去。

他跑去永和布号毛遂自荐。

永和布号老板认识他，很客气。他告诉他并鼓动他："我们布号没有一个族外人，你有本事不如自己开个店嘛！"

凭他的实力，开店绝无可能。

江唤之没有别的技能，游荡了两个月，无奈之下，购了艘旧板船，重新操起旧业。

树神

三爷爷受人尊崇，不完全是因为年龄。当然，如果论年纪，他是后湾村最大的。后湾村长寿的老人不少，大都彷徨在八十四岁的"坎"边上。三爷爷九十有二，身体仍然硬朗，除了缺失几颗门牙，面颊稍往里陷外，他鹤发童颜，看上去真有点仙风道骨的样子。

他的辈分也是最高的。

但这都不是他受人敬重的主要理由。

三爷爷没学过医，没访奇方异术，却能治多种疑难杂症。有人无名肿痛，三爷爷"神仙手"隔空抓几把就好了；小孩受到惊吓，三爷爷会"叫魂"。最奇的是，婴儿半夜啼哭，家长请三爷爷抄写三张纸条，"天惶惶／地惶惶／我家有个夜哭郎／过路君子念一遍／一觉睡到大天亮。"分别贴三个地方，婴儿半夜就不哭了。

纸条人人会写，但都没用，只有三爷爷一笔一画的欧体小楷才灵验。

有人背地里说，那是迷信。

这话传入三爷爷的耳朵，他不恼。他说，信则灵，不信则不灵！

如果说三爷爷就这点本事，那一定小瞧了他。他年轻时确实有过奇遇，一位化斋的和尚路过后湾，见他心地善良，带他回山庙传授了一个秘方，专治跌打损伤。

其实秘方不秘，大家都知道就一味草药，即寄生在樟树枝干上一种类似苔藓的植物，俗名骨碎草。但别人不清楚药引，更不懂推、拽、按、捺等手法。所以方圆百里，有人伤筋动骨、脱臼骨折，多求于三爷爷。

三爷爷的正骨方法比医院动手术、打石膏更省事、更有实效。三爷爷接骨不收费，那是老和尚交代的，他从未违背。不过，有样东西三爷爷来者不拒，就是挂在堂前密密麻麻的各种锦旗。

有人事后销声匿迹，三爷爷也不计较。

只要患者找上门，三爷爷总是仔细检查，一阵拨拉牵引，再用捣药罐捣烂新鲜的骨碎草敷在疾处，喂下药引，轻伤者三天痊愈，重伤者十天半月也有明显好转。

骨碎草当然是关键，它生长的地方不同，药效决然不同。骨碎草只生长在樟树上，樟树大凡也会寄生骨碎草。后湾四周有成片成片的樟树，唯村口一棵大樟树上的骨碎草最神效。

这是一棵古樟,树龄逾千年,主干需四人合抱,虬枝曲折,叶绿茂密,覆盖面积几近两亩,气势磅礴雄伟。正因为该树古老苍劲,所以村民们信奉它为神树。树底下原来还设土地庙,供奉"社公"的神位。有人患重病,或家禽出现瘟疫,就去大树底下献贡品、挂彩幡、烧香放鞭炮,据说都会逢凶化吉。

三爷爷相信法力无边,也认为自己治病一定有神灵相助。至于树神显灵,还是社公保佑,就不得而知了。

又有谁说得清楚?

何况以后这里的一切发生了翻天覆地的变化。

城市建设日新月异,后湾村距新城区两里地,早列入统筹规划。村外成片的樟树被命名为森林公园,土地庙迁走了,古樟底下砌了一个偌大的圆花台,周围铺满了草坪,已然是一个特色景点。

后湾村热闹了,休闲的市民,慕名而来的游客,每天络绎不绝。这里零售业也应运而生,古樟旁边搭起一排小屋,经营各种小吃和纪念品,生意火爆。

其中有家小吃店兼营骨碎草,门口竖了一块醒目的招牌:灵丹妙药有备无患!二十元一小包,现采现卖,欢迎惠顾。

村里有人告诉了三爷爷。他一惊，小步跑去，对爬在树上的人作揖，一边说："快下来快下来，不要糟蹋了好东西。"

树上的人并不睬他，三爷爷也无法，那毕竟是人家的一条财路。

三爷爷年纪大了，很少迈出家门。有一日，老城区一位老太太摔裂了盆骨，动弹不得，老太太患有高血压，医院不敢贸然动手术，子女把她抬到后湾。三爷爷诊视老太太的伤情，并不复杂，他从里屋拿出蒙了一层灰尘的捣药罐，让人搬把梯子去村口的古樟树底下。

架设梯子前，三爷爷习惯亲自焚香礼拜。虽然仪式简单，但那是对树神的敬畏。

古樟依然巍峨，只是树干光滑如镜，看不见一棵骨碎草。三爷爷望树兴叹，无奈地掏出几粒丹丸，交到老太太的儿子手上，说："回去用米酒熬水送服，赶紧送你娘去大医院吧！"

响泉

洪家里是个不大不小的山村，八十余户人家，依势建在两山相立的斜坡上，家家鸡犬相闻。中间南北走向的狭谷原是一条官道，连接皖、赣两省，贩夫走卒如织，后来马路改直，逢山开路，这里商旅行人慢慢稀少。百余年来，山村没有多少改变，一色的红墙灰瓦房，屋侧置口麻石水缸，用剖开的毛竹从山上引溪而下，终日潺潺。

山民靠山吃山，种茶挖笋，有少许的冷水田，日子不富裕。许是周围茂密的树木和竹林，空气清新，这里自古却是长寿村。

外界一直流传，洪家里的村民长寿，是饮用了响泉水的缘故。

他们用毛竹导流入水缸的溪水，也很纯净，但他们一般不饮用，多为洗刷和喂牲口。

"响泉"是眼小泉井，在洪家里的东山脚下，颇神奇。"泉眼无声惜细流"，平时根本流不出水来，而一旦人为发出响动，澄清的泉水便会溢出。响泉好似更喜仪式感，有节拍敲打压在泉眼上的石块，同时虔诚祷告，尤其女声为佳，泉水会欢快地涌出。

这是先民传下来的经验，洪家里的女人都会祈祷。

可不知从什么时候开始，只有王婆的祷告最灵验。

王婆主持过一次最长的仪式，时间持续了三个月。那是1998年，当地遭遇五十年一遇的大干旱，天干地裂，山上植被枯萎，看不见一滴水，方圆几十里，唯响泉有水。

每天一早，村里的妇人聚集响泉，王婆就近捡块巴掌大的石头，蹲在响泉上面的大石上，一下一下敲击，石头连续发出"哒、哒！"的响声，王婆重复一句纯粹的土语："龙泉大仙，发些大水——"其他妇人跟着一起和："龙泉大仙，发些大水——"声音越响亮，泉水便汩汩地冒出来。

男人排成长队，包括附近村庄的村民，依次用葫芦瓢舀满装水的水桶，往返挑回家或灌溉。

当年王婆五十六岁，每天蹲一个上午，重复一个动作，口干舌燥，却不知疲倦。

二十多年过去了，当地再没遭遇大干旱，而每年的旱季，响泉的作用不言而喻，只是场面不比当年喧闹。

洪家里村民的生活方式也发生了根本变化。城市建设飞速发展，洪家里出售了大量脚手架的原材料，山上的毛竹所剩不多了，村里的劳力陆续跟着施工队出去务工，留下女人和儿童。

响泉距村里人家最近也有一里地，女人少力气，烧饭弄菜的水就近解决，口袋有点散钱，喝水也买矿泉水。

儿童在东山脚下放牛，百无聊赖，常在响泉上面嬉闹，学着大人的样，击石喊叫。石缝里窥见泉水荡动，就是溢不出水来。王婆撞见，连忙喝止："快去别处玩，莫惊了神灵。"

王婆间或去东山清扫落在响泉周围的落叶，顺便提桶响泉水饮用。

以前，村里的女人都会自觉去清扫，现在没人跟样了。

王婆年纪大了，去的次数也少了。令她迷惑不解的是，每年农历的二月二，也只有她去响泉点香献贡品。自从嫁到洪家里，王婆就没有间断过，风雨无阻。

王婆的执着，村里人看在眼里，附近的村民也有议论，一传十，十传百，响泉的名声反而更大了。外面流传响泉的水能治百病，于是源源不断有人来讨"仙水"，更有人把王婆取水的过程拍成视频，传到网上。视频里，王婆一口的土语，外人听不真切，越加增添了响泉的神秘。

远道而来的人越来越多，带着大大小小的塑料桶，既为长生不老，也为观瞻神奇。小车开进村，打听响泉，村里人回话:"取水找王婆!"

王婆不厌其烦,步履蹒跚领着来人去东山脚下,一阵搅扰,响泉溢出水来。来人稀奇之后,舀满桶子里的水,意犹未尽地走了。

来人有时掏出十元二十元的零钱递给王婆。王婆非常满足,但分文不取。

然而,王婆越来越有些郁闷,她发现,响泉出水的速度明显慢了,流量也少了,有时甚至溢不出水来。她暗自思量,每次取水的过程如出一辙,轻敲慢吟,用心祷告,又是哪儿得罪了神灵呢?

老屋

小南门,琵琶洲古城墙脚下的一条老街,城墙早已不存,地名却沿袭了下来。老街最南端有处独家小院,断砖碎石垒起的院墙齐眉高,上面长满了青苔。三间坐北的正屋,粉墙黛瓦,明显古朴沧桑。院里有棵老樟树,高耸入云,径围需多人合抱,树冠郁郁葱葱覆盖了半个院落,枝杈上鸟巢密布,鸟儿整日在院子里追逐盘旋,啁啾鸣啭。

房屋主人姓古,名字少有人知晓,如说樟树底下的铁匠,那是远近闻名。老屋既住人,也是作坊。老古年过花甲,铁匠世家,他有祖传秘方,自配冷却水,独门淬火手法,经他锤打的铁器光亮耐用,刀刃斩钉不卷口。老古的父亲更是响当当,琵琶洲原有一座关帝庙,关公泥塑握把真刀,就是他父亲打造的,青龙偃月刀同画上一般模样。父亲的绝活只传了他一人,可惜老古手艺慢慢荒废了。屋檐东角仍保留了打铁的家什,风箱炉灶都布满了厚厚的尘埃。

老屋无疑也是祖上遗传下来的,据说他爷爷的爷爷就住这里。自古创业容易守业难,琵琶洲为此衍生了一个习俗:家业大凡由长子继承。老古有两个弟弟,同样跟着父亲学手艺,绝活是学不到的;弟弟成家之后,还必须搬出祖屋。他们分家时出现了一些状况,还好不甚激烈。"兄弟阋于墙"是琵琶洲常见的事情。

老古一儿一女,分家不成问题。琵琶洲的习俗,女儿没有赡养父母的义务,祖业也与女儿无关。

儿子上初中,便一边读书,一边学打铁,十五岁能抡大锤,"叮当、叮当!"儿子打铁有模有样,简单的马钉、扁担钩，他一学就会。

铁匠到底是力气活，儿子算独苗，娘看在眼里，疼在心上。她常常用豆豉煮几块豆干，抑或烤只红薯给儿子当点心，嘴里则常在老古面前唠叨："不学打铁吧？学些别的！"

老古心里也挣扎：儿子学打铁，一准没出息，铁匠铺的生意越来越淡了；不传儿子吧，古家手艺就要断送在自己手里，那是对祖宗的忤逆。

儿子高中时，班主任来家访，表扬儿子刻苦聪颖，是块读书的料。老古猛然醒悟，儿子如能考上大学，岂不更是光宗耀祖的事？

老古问儿子："你有本事考大学？"

儿子干脆："有！"

老古心里又戚戚起来。他点着一支烟，吧唧吧唧猛吸几口。忽地，他拉住儿子的手，来到列祖牌位前，先敬炷香，再双双跪下。老古向牌位念叨打铁难以为继的原因，请祖宗原谅，并求列祖保佑儿子金榜题名。

父子磕了三个响头，儿子的命运就此改变。两年后，儿子考上一所名牌大学。大学毕业，他进了深圳一家外资银行，已然是白领。

老古松了一口气，儿子大学四年，花光了家里的积蓄。他没有怨言，儿子出息了，正是养儿防老。

邻里说起子女的话题，屡屡称赞老古："数你儿子最有出息！"

老古不搭腔，脸露灿烂，心里甜滋滋。

铁匠活实在维持不了，老古改行种菜。眼下精力尚可，能做一点是一点，既锻炼身体，又能自食其力，何乐不为？

出门五十米便是护城河，河床一年比一年高，沉积的淤泥肥沃，老古在河床边开垦了大片菜地。护城河天然而就，通信江，活水；有鱼，不多。老古种菜，也捕鱼。渔网得多，拿去市场卖，少许的鱼，自己改善生活。

老古生活很简单，每天在叽叽喳喳的鸟语声中醒来，侧耳听一阵斑鸠的低鸣和画眉的欢歌。他会吹树叶模仿各种鸟的叫声，闲时总爱端坐在樟树底下，逗得满院的鸟语声。院子的门向来是敞开的，空暇的左邻右舍会集聚过来，听他与鸟对鸣，或坐在一起家长里短。

女儿照例要回娘家，嫁得近，回来方便。女儿是娘的小棉袄，回来同娘有说不完的话。老古也盼女儿归，也喜欢外孙，而外孙坐在膝盖上，他会走神，总觉得缺少一点什么。

外孙是外姓吧？

儿子结婚三年，儿媳还没有动静，这是老古最郁闷的事情。儿子来电话，他不关心别的，每次都是问："什么时候要孩子？"

"买了房再说。"

那得猴年马月,深圳的房贼贵,儿子积攒的钱不及房价涨得快。年年要买房,首付总差一大截。老古自从明白什么是首付,再没有安生过。

这天吃晚餐,饭扒了一半,老古突然放下碗,眼睛直瞪瞪地望着老伴,他边嚼嘴里的饭边跟老伴说:"把房子卖了吧?"

"为啥?"

"给崽付首付!"

"崽会肯?"

"房子迟早都是他的!"

"房子卖了我们住哪儿?"

"活人还会被尿憋死?"

"行,听你的!"

是夜,老古辗转难眠,声声叹息。老伴也翻来覆去,睡不着。这次是老伴先开口,她用脚碰了碰老古的腿,问道:"喂!是不是舍不得房子?"老古答:"不是!"

"舍不得院里的樟树?"

"不是!"

"那为啥?"

"唉,我舍不得树上的鸟儿!"

鸟巢

小南门要建高档酒店，老古的宅院要拆迁。几十户老屋，每家五十万买断，价格过得去。老古院子里的樟树另加十万，是意外。老古来不及细想，第一个签字画押。

女儿家有闲房，请爹娘搬过去，老古不肯。做客住两天可以，自己有儿子，哪能长期跟女儿？就近租一间房，小是小了点，但租金便宜。老古想到樟树上的斑鸠鸟，衔几枚枯枝便是窝，不挡风不遮雨，一样"咕咕咕"地快活。

老古搬去一张床、两只木箱子、几把木凳、弄饭的锅灶，其他旧家具和打铁的家什寄存在女儿家。女儿说："这些烂家伙留着谁要？卖了算了！"

"败家不是这样败的——我已经败家了！你看这八仙桌，桌面整块板，现在哪里找？"

女儿不敢再作声，父亲脾气如打铁的炉——火大！说多了会骂娘的。

开发商办事雷厉风行，老屋转眼推倒一大片。老古原址的樟树倒是保存了下来,那里规划是停车场。老古心中窃喜,遇上老邻居总说:"我家的樟树还在!"

施工单位砌了围墙,每天老古都在墙外转悠,间或探头往里看。樟树底下摆满了脚手架、壳子板。樟树完好无损,老古松口气,拍拍手上的灰,慢慢踱去河边。

护城河改造了,沿岸建成休闲公园,铺了石板路,种了树,几十米不等就有回廊或凉亭。这里人头攒动,一班老人:走棋、打牌、拉二胡、唱赣剧,各得其乐。

老古不唱戏,也不打牌,平生别无所长。打铁除外,那是吃饭的手艺。按说他喝彩的声音也好听,当年做铁匠,有人造新房一定会请他钉梁环。喝彩的口诀是上代口传下来的,老古背得滚瓜烂熟,现在偶尔也哼几句:

左边的摇钱树啊右边的聚宝盆

日落金子夜落银

日里的金子落得九寸深

夜里的银子落得八寸厚

做起屋来金子的柱银子的角

屋檐屋檐四只角

生个儿子背驳壳

…………

这不是歌不是曲,没人愿意听。老古颇有些委屈,如今盖房用水泥，封顶不上梁，让他失落了好多年。

同老古聚一起的同伴都是不爱喧哗的人。他们聊聊天，没话晒太阳，抑或看河街人来人往，看河面上的涟漪。

河床不准种菜了，鱼虾也捞不到，老古少了生活来源。好在有低保，女儿会给些零用钱。儿子也说给，那是说得好听，他在深圳买了房，家里的钱全贴给了他，儿子还欠一屁股债。

老李和老古无话不说，他听老古的老伴说孙子的事，没有听分明。老古姗姗来迟，老李见面就问："你做爷爷了？"

老古一时没反应，回过神才说："还没。快了！"

"那你马上要去带孙子？"

"要去的！"

"哦，马上要过大城市的生活了。"

"大城市有什么好？如果小子不出去，我早就做爷爷了。"

老李就笑，老古也开心地笑。

儿子终于来电话，媳妇住进医院待产，老古当即让女儿订了火车票。

出门的前一天，老古又去了趟老宅地。这次他走进了围墙，来到樟树底下。"我的天！谁这么手贱？"老古咒天骂地，说了很多难听的话，气得把一副竖在树干上的竹梯卸了架。

不知哪个缺德鬼掏了鸟蛋，鸟巢散落一地。

深圳原来不是镇，地盘似乎还蛮大。儿子在火车西站接他们上公交车，到家花了近两个钟头。

儿子车上跟爹娘说："昨天老婆生了。"

老古急切地问："崽还是妮？"

儿子轻轻地回答："女儿！"

老古望着车窗外，没有再说话。

老伴连忙接腔："也好！也好！"

来深圳之前，老古想象不出深圳哪里好。果不其然！车挤车，人挤人，空气有一股鱼腥和汽油的混合气味。

爬上五层楼，才到了儿子家。三人大包小包往里搬，儿媳站在门口，叫了爹叫了娘。老伴连忙说："怎么这么早就下床？快躺床上休息！"

儿媳笑笑。

进了屋，老伴又说："哎呀，你怎么不扎头巾？我应该带一块红布来。"儿媳嘴角翘了翘。老伴接着说："还好，我带来一包尿片。"

儿媳说："不用尿片，尿片只用尿不湿！"

老伴愣了愣，马上笑着说："呵，快看看我的孙女！"

儿媳陪她一同进了卧室。

老古进屋不晓得站还是坐,想坐也没地方坐,椅子沙发都搁了东西。他打量一下房,四百多万就这么点大?深圳的钱太不是钱!

"老头子快看看孙女!"老伴高兴地抱着孙女出来。老古双手接住,晃了晃,脸上堆满笑,小声对着婴儿嘀咕:"你叫什么名字啊?是不是叫盼弟!"

"真难听!盼什么弟呀?我只生一个。"儿媳突然在背后说话,吓了老古一大跳。

儿子还有三天假,说让爹娘先歇息,这两天家务还是由他做。老古说"来了就是做事,早些上手吧。"老两口在家已分工:老伴带小孩,老古弄饭做菜。

也是怪事一桩:老古淘米,水龙头一开,就想尿尿,进了卫生间,那个什么又没有了,进进出出好几回。儿媳没有听见冲水声,悄悄告诉老公。儿子就去提醒老子,羞得老古瞪白眼。

老古在家本来就少做家务,这里偏偏又讲究,让他畏首畏尾。"在家千日好,出门一日难。"老古突然想到这句话。自从进了儿子的门,老古就没抽过烟,晚饭后实在忍不住,儿子领他去了阳台。

阳台就他一个人,老古狂吸几口烟,长吐几口气,惬意！这里视线开阔,小区原来挺大,房屋一栋接一栋。绿化真好,楼下花草茸茸,到处是粗壮的椰树和榕树。榕树上有叽叽喳喳的声音,他仿佛看见一树的鸟儿。

老古突然想起老宅的大樟树,那些覆巢的鸟儿于何处栖息?

上梁

臧湾是个多姓的古村,南北通衢,曾有商铺九百九。"十里金街"还在,石板路面深凹的独轮车辙,街两旁典雅的"百岁坊"和五座巍峨的祠堂,依稀可见当年的辉煌。如今,老店面所剩无几了,原址上盖起了一栋栋水泥楼。

秦礼忠住的仍是老房子,布满霉斑的招牌"香茶油坊"还悬在屋檐下,遇风摇摇欲坠。

儿子问他:"街上老房子快拆完了,我们什么时候盖新屋?"

老秦答得干脆:"莫想!"

原因说过多次,邻里拆不拆是他们的事,自己决不拆祖屋。老秦有些郁闷,儿子怎么听不进他的话呢?特别是房屋改造这件事。

秦礼忠在臧湾也算有头有脸的人物,无论哪家婆媳不和、兄弟分家,都请他去。今年他六十六岁,当过村长,摆理可以摆出一箩筐。

臧天寿家的房屋改建,选了吉日上梁,也请秦礼忠去坐镇——这事臧天寿不请,老秦也会去。臧湾有个传统,只要有人办大事,街坊都会随份子。钱不在多,目的是帮忙出力气,借桌子,搬板凳,炒菜洗碗筷,各尽其能。老秦当然清楚,上梁是木匠唱主角,他只能打边鼓。

上梁仪式极其神圣,它寄托着这户人家子孙后代的兴衰荣辱。

制作房梁的过程同样讳莫如深,其间最忌女性触碰。臧天寿的房梁隐蔽在臧氏祠堂加工,上了桐油画了符。

这天大清早,十几位后生把房梁抬到宅基地。铁匠先钉梁环,木匠接着出场,升梁、就位、挂红,每个环节都要喝彩。那边老秦指挥年轻人放鞭炮,恰到好处,气氛热烈庄重。最后木匠站在上面一边撒麻糍,一边唱:

福也!

贺喜东家,先到浮梁买芝麻,再到景德镇买糯米。

买了糯米进磨坊,做出麻糍抛栋梁。

一抛东,贺喜东家出相公;

二抛南,贺喜东家出状元;

三抛西,贺喜东家穿朝衣;

四抛北,贺喜东家坐衙门,掌管文武百官权。

仪式临近尾声,老秦悄悄离开了。他信步走向"百岁坊",那是他每天必去的地方。

百岁坊是早年五大家族共同兴建的一座聚德轩,专门赡养孤寡老人。廊屋经历了百年,石栏窗棂都保存完好。里面的设施倒是跟上了形势,空调电视、抽水马桶,一应俱全。

老秦热衷于这里的事务,他积蓄不多,捐款不少,俨然是个领头人。

儿子为此事没少责怪他:"你又不是财主,家里破烂不堪,外面充什么好汉?"

老秦被儿子呛住,蹦出一句粗话:"你懂个屁?滚!"

老子骂儿子天经地义。儿子没有滚,他退一步说:"老房子不推倒重建,也该修缮一下吧?"

"这个可以考虑!"

儿子等的就是这句话,其实他早已相中一根做梁的料。

臧湾东河码头上行三里地是汪村地盘,山高林密。汪村人习惯把成材的树木砍倒,刨皮去枝后就地风干,等待自用或出卖。

据传,这里原先还有一个风俗:建屋造房,偷梁不究。

一天深夜,秦礼忠被嘈杂的声音吵醒。他披衣走出厢房,儿子在厅堂兴高采烈地给一班朋友散发纸烟,地上赫然卧着一根粗壮的木头。

秦礼忠左脚踩着木头问:"从哪里弄来的?"

儿子答:"汪村。"

秦礼忠沉下脸,问:"偷的?"

儿子说:"偷梁不算偷!"

"呸!你懂个鸡巴。"秦礼忠非常生气,大声训斥儿子:"就算偷也要有个偷的规矩!烧纸敬香,自己砍树,你做了哪件?你看你们偷来的木头,明明是现成的材料,这叫不劳而获,不是偷,分明是抢啊?!"

声音惊动了左邻右舍,人们纷纷过来劝解。邻居说:"既然搬来了,就放家里用,你们的房子也该修整一下了。"

"不行!绝对不行!这种缺德事我们不能做。再说了,我们家也不是建房子,换两根白蚁蛀空的柱子就行,用不着这样的好料。"秦礼忠说着,走到儿子的朋友面前一一作揖,"辛苦各位了,现在麻烦大家抬回去。"

最终儿子听了他的话,秦礼忠心里宽慰了许多。

第二天一早,秦礼忠打开大门,眼前的一幕又让他吓了一大跳。屋檐下整齐地排列四五根杉木,全是柱子料,粗壮笔直的。

秦礼忠怒冲冲地把儿子叫醒,正要开口骂。儿子惺忪着眼,举起右手对天发誓:"真不是我干的!"

马头墙

钟老汉有俩儿。

大儿钟耕生,大专毕业,乡镇小学教师,憨厚,中规中矩,暂且不表。

钟诗生是小儿。

俩儿都是老汉起的名,取意"耕读传家久",偏偏耕生吃了公家饭,诗生少读书。钟老汉大名富贵,半生潦倒,这人生命途应该与起名无关吧?

但也不是绝对的。钟老汉老来衣食无忧,可以说相当富裕,又似灵验。只是家里的财富是小儿折腾来的,老汉喜忧参半。

诗生的户籍随父母，在乡下。初中辍学，不务农，天天在街上同一班兄弟混。他天生一身力气，魁梧健壮，被人家相中招做了跟班，然后打理沙场，发展到自己包工程、挖土方、修马路，业务做得风生水起。

他们家在城乡接合部，耕生结了婚，搬出去另过，诗生单身，住家里。但诗生很少落家，有了钱，各路的朋友多，歌厅、酒店和宾馆是他长住的地方。钟老汉成天见不到儿子的影，常常嘀咕："总是舞神扮鬼，不务正业。"

诗生每次回来，都会从"宝马"后备箱拎下烟酒或海鲜。家里不缺时令蔬菜，老汉不肯荒了名下的田地。

钟老汉坐在厅堂的沙发上，架副老花镜，叼根烟，捧本翻旧的《三国志》，听见院子里关车门的声音，知道儿子回来了，懒得抬头。儿子进门也不打招呼，把拎回的东西放在茶几上，径直去自己的房间，关门，倒头呼呼大睡。老汉这才站起身，轻轻走到茶几旁，掀开包装。烟酒就收藏起来，生猛海鲜就拿去厨房交给老伴，一边嗔怪："不晓得锅是铁铸的，钱来得容易就大手大脚。"

儿子孝敬，其实钟老汉心里也受用，可不知什么原因，他就是看不惯这个儿子。诗生在家有脾性，孝而不顺，父子聊不到一块儿，很少交流。钟老汉想不明白，儿子哪来这么大的本事？

这不，儿子又在投资建造一座不小的山庄。

山庄选址在琵琶洲，四面环水，树木茂密，一条 U 型的河堤连接通往县城的公路，途经钟家村，近在咫尺。

听说山庄是吃饭休闲的场所，钟老汉当即失了兴趣。平基的时候，老汉去过一次，以后再也不去了，他觉得糟蹋了一片树林。

诗生也很少去工地，有人帮他监工。定方案的时候，设计单位请他看图纸，他不懂，铺开效果图，"行，就按这个施工。"便拍了板。

山庄是一组仿古建筑，正室副房都是雕梁画栋，亭台回廊飞檐翘角。正室最为繁华，门罩窗楣、天井墙角都有砖雕装饰，飞禽花卉、林园山水、戏剧人物，图案一律惟妙惟肖。

不用近前，远看山庄的建筑，便知是徽派风格。

徽派建筑的重要特点是：房屋两边山墙的墙垣，也就是墙顶部分，高于屋面。墙垣层次分明，形状酷似马头，故称马头墙。马头墙的作用是，如果发生火灾，可以隔断火源，所以又叫风火墙、防火墙、封火墙。

现在水泥平顶楼房两侧也流行砌上马头墙，那是为了美观，反而有点不伦不类。

山庄建设接近尾声，诗生兴致勃勃地邀请父母去参观。起先钟老汉摇头晃脑不肯去，老伴死拉硬拽把他拖上了轿车。

诗生把"宝马"直接开到正室门前，跳下车打开车后门，把父母请下车。钟老汉被眼前的装饰惊了一下，走上前手摸砖雕，不由得点了点头。他回头喊儿子："诗生过来！"诗生兴高采烈地赶前两步，递根香烟给父亲，"啥事？"

老汉点着烟吸了两口，指着一块砖雕问诗生："你知道这蜂巢、猴子有啥意思吗？"

诗生摇摇头。

"封侯挂印！"老汉说着，手指另一处："那四种花插在花瓶呢？"

诗生还是摇摇头。

"四季平安！"老汉明显语气加重了："那是开卷有益，那是喜鹊登梅，那是多子多嗣，那是世德流芳……"

"哦、哦哦！"

老汉说："搁以前，小孩都晓得这些图案的意思。雕刻不完全为了好看，也是小孩启蒙的地方，认识动物花草，了解戏曲神话故事，明白一些事理。"

诗生便笑着说："我小时候没人教我这些东西。"

老汉一脸不悦，顺着粉墙走向屋侧，抬头，盯着马头墙看了好一会儿,喊:"诗生诗生!"诗生跑过来:"怎么啦?"

"这马头墙怎么是这样?"

"不对吗?"

"正规马头墙是前三(层)后四(层)。"

"这有什么关系?"

"唉,不懂真可怕!"钟老汉说:"这前三后四是有来由的,阴阳八卦每卦都有六爻,上面二爻为天,下面二爻为地,中间二爻为人,也就是三、四代表人,你这不三不四,好听?"

诗生一脸茫然。

风水池

山里零零散散的自然村,村名极简单,前面带个姓氏或地名就行,比如汪家村、下溪村。

吴姓人家聚居的地方,谓吴岗寨,很少见。

别的村庄大都依山傍水,建在山腰上、山脚下,而吴岗寨建在山顶上。

不过,吴岗寨也是择水而居。山顶一湾清泉,曰"龙池",溪水从山崖渗出,遇旱不涸,终年流水潺潺。龙池是吴岗寨的"风水池",饮用洗涤不可少,防火也至关重要。山寨取暖烧饭用柴火,时有险情,龙池是理所当然的镇寨之宝。

吴岗寨便是围绕龙池兴建而成,千百年来,房屋建了一圈又一圈。清一色的粉墙黛瓦,错落有致。村民一直沿袭先民的生活方式,以采茶、挖笋为业,兴旺时有百十户人家。只是不知从什么时候开始,这里慢慢衰败了。

吴天成是吴岗寨的现任村长,很想改变村里的面貌,又苦于无从下手,他自己的日子也过得艰难。

他家距龙池三尺远,房子是爷爷传承下来的,本来挺宽敞,堂前砌了一堵墙,父亲叔叔各继承了半边。现在西屋归堂弟,东屋归他和胞弟。胞弟叫天佑,亲兄弟也分了家。天成住前厢房,半边堂前做了灶台,天佑进出不甚方便。好在天佑不常住,带着老婆在县城做生意。

天佑总是要回的,有时住上一天;有时不住,收到山货就走人。逢年过节,他是必须携儿带女回老家的。

不是什么节日,也不收购山货,天佑这次回来在山上转悠了好几天,仍没有离开的意思。天成问他:"你什么时候走?"

天成话出口就后悔,平时弟弟回来不开火,跟着自己吃一锅饭,菜得加一个,荤菜要去山下买,他可从无怨言。

天佑也没往别处想,随口答:"山上凉快,又没蚊子,暂时不走。"

哥哥心里便不舒服起来。兄弟关系向来融洽,天成想不通,现在弟弟怎么会有事瞒着自己呢?

昨天下山买猪肉,天成碰到乡长。乡长一本正经地通知他,天佑回来搞投资,开发吴岗寨的景点,你这个村长要好好配合。当时天成唯唯诺诺,其实心里很惊愕。

弟弟有多少能耐,哥哥知道,天佑是瞎子不怕悬崖高!哥哥倒是没有想到,弟弟似乎真的长了本事。

还是旧年腊月,天佑跟哥哥提起:"现在生意不好做,过完年回来搞旅游。"

天成问:"怎么搞?"

"村里的房子全部刷层白,铺条路通后山的红豆杉树林,龙池上面建座观光廊桥。"

"那得投多少钱?"

"你呀!政府有补助,你白当这个村长了,什么都不懂。"

"你以为我真不懂?"天成被激怒了,几乎是吼叫:"你不务正业!我们这里山高路远,一年到头来不了几个人，搞什么旅游？你要有本事，把我们的茶叶、竹笋折腾出去，莫要贱卖。"

天佑被哥哥的话噎住，从此不再谈旅游的事。

而在外面，天佑紧锣密鼓，递方案、跑政策、联络感情，半年下来，批文终于拿在手上。

不是乡长告诉天成，吴岗寨的村长还蒙在鼓里。"不行，我得找老二谈谈！"天成想。

断黑的时候，天佑回来了，饭桌上摆了一碗红烧肉。依着惯例，兄弟上桌就猜拳，天成摆好了盅子。"今天不划拳，喝几盅。"天成把酒倒上，接着说："老二啊，你瞒得我好苦，我也不怪你，我只问你，龙池到底建啥子廊桥？"

天佑满脸绯红，忙说："呵呵！请别人设计的，仿古式飞檐斗拱廊桥。"

"我是问你，龙池可以动吗？你不怕坏了村里的风水？"

"……"天佑不说话。

两兄弟默默喝起了闷酒。

施工队到底来了，先是就地取材，山上古树密布，天佑相中了几棵参天大杉，做梁做柱都顶好。一切准备就绪，廊桥择日开工。

农历六月十五是个好日子，西头吴天保也选在这天给儿子操办婚礼。是夜，山村上空升起束束火光，声声炸响，五光十色。突然，有人惊呼："着火了！着火了！"铜锣声随即敲得山响，村民们纷纷拿着脸盆，提着水桶，跑去龙池取水。

龙池没水了、放干了，池底搭起一排脚手架。村民们焦急地排起长队，轮流在渗水口接水。

西边的火光越来越大，映红了半边夜空。

半座桥

半座桥，又叫寡妇桥。寡妇桥无疑与寡妇有关了。

别的桥梁下面都是完整的桥洞，而半座桥下面是半孔洞。

古藤老树，小桥流水人家，暮归老牛，后面跟着蓑笠老翁，这是涟溪村常见的画面。

涟溪村在偏僻的山里，阡陌蜿蜒，溪涧纵横，小桥必不可少。最简易的桥，横亘两根树木，抑或架块青石板；永久性的桥就是石拱桥了，小的跨度不足两米，长的十几米或更远,桥下是双孔洞或叁孔洞。

石拱桥由族人捐建,一石一柱一墩一栏均有刻记。这是相当体面的事情,谁都想光宗耀祖,但不是人人都有资格。涟溪村出茶出笋出木材,也出官吏,他们族姓彭氏,崇尚读书,历代都有子弟考取功名。宗谱记载,四十余人先后跻身仕途,最高官职二品侍郎。族规约定:五品以上官员可在故里造一座石拱桥。

至乾隆五十二年,涟溪村兴建石拱桥十八座。

话说当年村里有位员外,拥有几百亩山地,县城有多处店铺,经营茶叶、木材和百货。这位豪绅口碑尚可,每逢灾年必开粥厂,祠堂修缮、义塾馆维护,他捐钱最多,人称彭大善人。

彭善人有个心愿:也想在村里建座石拱桥。他找族长,族长摇头,祖宗的规矩不能破。彭善人不甘心,许下重诺,族长不敢擅断,召集几位老人商议,最终同意让他先铺一条石板路。

这路是原本就有的,三里便道,极简易,村里人不常走。便道通向茶马古道,皖赣商贸必经之路。茶马古道人来人往,过了涟溪村,上行三十里才有人家,经常有人拐进村,借宿煮饭喂马。

虽然桥归桥,路归路,但彭善人还是应承了下来。

随即他包给了一位石匠。

石匠是从下黄村请来的,下黄村的男人大都做石匠。黄石匠现场勘察,路基是现成的,上面铺层青石板,容易。他估算价格,彭善人没还价,两人爽快签字画押。

手艺人讲究信誉,黄石匠也确实不会报虚价。

黄石匠收到钱就开工。采石场在青龙山,与涟溪村相距二十里,他开始让人把石材送过来,自己找个帮手搬石垒路。石材送来几次,黄石匠心慌了,仔细核算,造价竟然少报了一大截。

他硬着头皮找彭善人。彭善人没让座,端起盖碗茶,轻轻吹了吹碗沿,说:"价钱是你报的,我没少一文,白纸黑字!"

黄石匠无言以对。

他沮丧地回去告诉老婆:"这下亏死了,怎么办?"

老婆没有责备他,而是平静地说:"是屎也要吃下去!"

他们成婚多年,虽然日子艰难,但彼此体贴关怀。不知何故,至今老婆没有开怀,他们听见骂人的话"做缺德事断子绝孙",便浑身不自在,所以做事做人格外小心。

偷工减料不能做,省吃俭用,事必躬亲。石材不用人送了,黄石匠自己用独轮车推,老婆用根绳子在前面埋头拉。帮工辞退了,老婆抬石头,也焖饭。下饭菜是盐水炒小石子,吃口饭吮下石子咸味。生盐吃了反胃,舐过的石子洗净可以重复使用。

过去半年,路上青石板铺了三分之二,黄石匠再也无钱采购石材了。事情到了这地步,他更是哑巴吃黄连,更觉没面子,一个小项目都搞砸了,以后怎么在本行当立足。

黄石匠整日唉声叹气。是夜,他在一棵樟树上上吊了。

涟溪村的村民把他就近掩埋在荒山上。

老公死了一了百了,妇人又悲又恨,她恨老公懦弱,恨得潸然泪下。妇人擦干泪央求村民在岔路口搭间草屋:青石板不铺完,她不离开。

她想好了,别的事情做不了,卖点茶水和马草。"宁喝生水,不喝温水。"水要烧开,不能害人路上屙肚子;夏天凉粉也做,平时备点山货。过往的行人在草屋歇歇脚,借锅造饭,走时总会照顾一些生意。

三年了,她酬到钱就铺路,一丈、三丈、十丈,总算铺到了涟溪村的西头。

西头有条小水沟,上面有块青石板,跨过去就是村里人家。

路人把妇人的行为传开来,她名声大噪,大家誉她为刚烈女子。

彭善人不能再无动于衷了,他补偿了妇人一笔钱。

妇人号啕大哭了一会儿,可没有眼泪。她拿着钱找族长,"钱我不需要,在沟上面建座桥吧?"

族长同意了。

为了有所区分,又不违背族规,小桥设计成半孔洞,意为半座桥。

碑石铭记了妇人事迹,村外人称这桥为寡妇桥。

管家

仿古步行街紧挨"十亩地"。十亩地是原先大财主余春发的大宅院,说占地十亩有点夸张,六七是亩不会少的。四面青砖透雕的花墙,大门朝南,门楣砖雕装饰、暗棂暗柱。围墙内院中有院,八个斗拱飞檐的院落,辟十五个天井,相对独立又廊檐相接、甬道相通。所有院落都是正偏结构,正院主人居住,佣人或来客住偏院。

余春发住东院,儿子住西南院,先人的牌位供奉在老院,还有书房院等。无论怎样安排,都有许多闲置。这么排场的房子，完全是为了世俗荣耀，家里多少间房，余春发自己也说不清楚。

"包括耳房、栈房，总共一百六十五间。"孟二数过多遍。

孟二是管家，经常手里握一串哗啦响的钥匙，到处走走，查看屋里有没有老鼠屎，下雨天屋顶漏不漏雨。"把老大叫过来！"余春发发话，孟二就穿廊过道去书房喊大少爷。孟二事情不多，大部分时间陪在老爷身边，跟老爷住东院、跟老爷一桌吃饭、跟老爷一样穿丝绸。秋收过后，他也忙几天，单独去乡下收租谷，那时真是八面威风。

余春发不爱走动，喜欢坐在堂前的太师椅上。八仙桌备好一杯盖碗茶、一把锃亮的黄铜水烟筒，只要余春发瞅一眼，孟二就会过来帮他点着纸捻子。余春发左手托起水烟筒，右手点烟，低头咕噜咕噜吸几口，纸捻子换成中指和无名指夹住，空出大拇指和食指，轻轻拔起烟锅儿，对着烟嘴吹口气，"噗！"豆粒大的烟灰拖着一线烟抛落脚跟前。重复十几次，漱下口，闭上眼睛，惬意！孟二便拿扫帚，把他脚前的烟灰扫净。

不能不说，孟二伺候老爷十分细心周到。但他说很不情愿，他也被逼的，他也是劳苦大众。

那时刚解放，孟二在批斗余春发的大会上发言，还踢了余春发一脚。

他说:"我一个外乡人,逃荒路上死了女客没法子安葬,卖身进了余家,开始做苦力,担水、劈柴、舂米,什么活都做,后来才做管家。东家对我不是真好,十多年了也没有帮我续个女客。"

余春发的财产自然要分掉,包括房子。大宅院住进四十多户贫下中农。好在余春发不作恶,只是乡下买田买地剥削农民,没有枪毙,继续享受也不可能,他们一家搬进了耳房。

遣散佣人的时候,孟二没去处,找工作队诉苦,留了下来。他自己搬进了栈房。

还有一位女佣,是个寡妇,年龄与孟二相仿,也没地方去。工作队问他们愿不愿一起过日子,他们同意了。

孟二说:"还是新社会好啊!"

从大门进去,右边围墙角落有间东司(厕所),一溜栈房在左边,是原先储存稻谷的地方。趁人没有住进来,孟二把栈房的设施补齐了,生活用品、厨房用具都在院子里寻找,新砌的灶台旁还搬来一只防火大水缸。

大宅院热闹了一会儿,四十多户人家住进来,兴高采烈,接着乒乒乓乓,各自搭锅造灶。手上缺工具,找孟二;小孩迷路,孟二送回去。终于安顿了下来,嘈杂是肯定的,大白天还好,大家都忙着出去工作。

半座桥

孟二没有职业，但有一把力气。他问新邻居，要不要帮忙担井水？后门出去拐进一条巷子有口甜水井，说远不远，主要很多人家没有担水桶，借也不方便。女客也能赚点钱，现在人家自己倒马桶，公共卫生总得扫，大家凑份子。孟二还在院子里开垦一块菜地，日子马马虎虎。

值得一提的是，两口子生了一个儿子，那个高兴！

儿子叫孟高兴，孟二中年得子，将儿子视为宝贝疙瘩。高兴颇顽皮，"文革"时只有十四岁，打坏了多少砖石木雕。他找余春发要钱要吃的，得不到满足就学大人，让老头儿下跪认罪。

可怜余春发，子女不在身边，被轰轰烈烈的运动吓得一命呜呼。

过后十几年，孟二两口子也走了。高兴没有工作，娶了个乡下老婆，继承父业。

父子做事的方式不同，那时通了自来水，大宅院一只水表一只水龙头，安装在栈房旁边。高兴做了个木盒子，锁住水龙头，谁要放水，一分钱一桶，送到家另外加钱。

他老婆也扫院子里的卫生，卫生费要增加。有人异议，高兴撸起袖子说："谁跟老子过不去，老子干他！"

钱好像还不够花，高兴把栈房临街的一面墙拆了，打通围墙，开了一间小卖部。

八十年代,有文件精神,大宅院可以归还原主,里面住户的安置是个问题。余春发儿子回来了一次,领导陪同他们在大宅院转悠了很长时间。他们是读书人,没有提要求。尔后,院子门口钉了一块牌子:文物保护单位。

高兴真正忙碌起来,是门口建成仿古步行街之后,大宅院成了一个景点,参观者络绎不绝。他喊来妻弟做帮手,院里空地种上花草,甬道摆两排花盆,外人进来就要收门票;门口的摊位也收取管理费。

摊主问:"凭什么?"

孟高兴懒得回话。不日,小卖部门口挂出一扇招牌:古宅物业公司。

龙门石窟

孝文帝由平城迁都洛阳,一班云冈石窟的工匠随后跟了过来。鲜卑族统一北方,为统治需要,极力推崇外来佛教,大兴寺庙。其间,高僧发愿摩崖造像,普度众生。皇族后宫也拿出伙食费、脂粉钱，争相造像祈福。北魏中期，造像集中在云冈，那里云集了大批能工巧匠。

霍百达是石刻里面手艺最好的，没有之一。他生在云冈、长在云冈，祖上世代以石刻为业，他从小耳濡目染，千锤万凿，窟龛、题记、碑刻样样精湛。尤其佛雕，大的气势恢宏，小的飘逸隽秀，形象一律栩栩如生。可惜云冈最大的释迦牟尼座像不是他打造的，当时他另有任务，这让他遗憾万分。

技艺到了他这份儿上，不再是为了养家糊口。霍百达想的是精神层面，人过留名，雁过留声，他从事的本就是千秋大业，未能完成一尊颇具影响的宏伟佛像，谈何立万扬名。

霍百达在等待机会。

听说洛阳开凿摩崖，他立马赶了过来，还带来一群帮手、伙伴和徒弟，包括铁匠。

铁匠肯定是锤炼工具，讲究。单是凿头百余种，刃口不同，大小不等。霍百达雕刻最小的佛像仅两厘米，凿头细如针锥，钢火要求高，他的铁匠淬火独到。

摩崖选址在洛阳南郊，那里山水相依，香山、龙门山对立，伊水中流。龙门山悬崖峭壁，确是打造佛像的好场地。

发愿造像的信众仍是僧侣、皇室和官员。他们地位不同，供奉的神明不同，祈福、避煞、保平安等，诸神各有天职。不是有钱就能请大佛，不是谁都可以造佛像，神龛大小、造像位置都有严格的等级要求，不能僭越。

虽然暂时没有大工程，但龙门山"叮叮当当"的凿石声不绝于耳。霍百达最忙碌，设计布局，窟龛造型阁楼式还是宫殿式建筑，全由他把关。他也爬进徒弟凿开的石洞，悉心点拨，间或亲自操锤，神像旁边修一尊活泼的护法。

他也有歇下来的时候，坐在临时码头上，凝视龙门山，心思仍在峭壁间。

贾才厚走到他面前，霍百达浑然不知。

"师父！"贾才厚讷讷地喊一声，毕恭毕敬地站在他面前。

"哦，什么事？"霍百达回过神，望着贾才厚。

贾才厚是新收的徒弟，不久前，他还是雇来清扫碎石的杂工。霍百达发话，凿下来的碎石不许扔进伊河，总不能一边造像，一边做缺德事吧。碎石由贾才厚负责装船，运去下游护堤或铺路。他是洛阳本地人，每天来来去去，也顺便帮工地捎来牛肉和蔬菜。贾才厚挺精明，混熟之后提出拜师。霍百达见他肯吃苦，人机灵，便准了他下跪敬茶。

霍百达猜得出，徒弟来找他，一定遇到了新问题。果不其然，贾才厚不知如何雕饰衣纹。

师父起身，跟在徒弟后面，攀爬上了脚手架。师父挑选一把凿头，手把手教徒弟，一边说："衣服纹路用平直刀法，这样显得质朴。"徒弟鸡啄米似的连连点头。

贾才厚悟性高，进步神速，很快就能独当一面。

云冈跟来的徒弟心里不服，窃窃私语，师父宠爱在一身。他们背地里抱怨，师父也知道，霍百达说："才厚是笨鸟先飞！"

朝廷总是克扣官员的俸禄，财力不足，难怪迟迟没有大项目。霍百达倒不气馁，半山腰保留了大片空地，他依着山势精心绘出一幅图，浑然天成。

一佛、二弟子、二菩萨、二天王、二力士等九尊佛像，神态各异，最大的卢舍那佛像居中坐在莲座上，安详高贵。卢舍那是释迦牟尼报身佛，理想的化身，且不论何时动工打造，这画作都可震撼人心，足以传世。

龙门山造像的门槛放低了，越来越多的绅士、普通的居士也来祈福，霍百达应接不暇。也是方便语言交谈，他让贾才厚与来人洽谈造像事宜。

想不到贾才厚由此膨胀了，越来越觉得自己有能耐，产生了另立山头的想法。他悄悄招兵买马，一切准备就绪，在对面的香山开辟了另一处造像场所。

那是后话!

若干年后,香山的石窟零零散散,没有形成规模。

龙门山的石窟范围相当大了,最大的卢舍那佛像也打造了出来,坐落在半山腰,与霍百达当年设计的画面一模一样,大佛安静地微笑着,慈祥地面对世人。

我写小小说（代后记）

记不清是小学五年级，还是初一的音乐课考试，我们在教室里轮流起立一展歌喉。歌曲是老师教过的两支歌，可以自由选择。同学们一个个唱《团结就是力量》，雄壮有力，得分全优。唯我选唱《浏阳河》，音起高了，没有唱完，成绩不及格。当时我很有点难为情，不是出风头，不是标新立异，而是不肯千篇一律。

我爱好小小说写作有些年头了，写得不太多，也是不想重复自己、不想重复别人。

写作之初，借鉴学习是肯定的。我阅读过不少名家名著，最慕汪曾祺。精髓内涵不一定悟出，倒是极想模仿汪老的文学语言。

对于写作的语言，我相当敬畏且固执，打心底里抵触华丽辞藻，喜欢朴实。不会渲染，不善抒情，也不一定生动，但追求朗朗上口，真情实感，意义准确。我写每段文字都要反复推敲，纠结再三，虽然煎熬，却乐此不疲。没有人提倡，也可能不会有人在意，我文章上下自然段的第一个文字几乎不会使用相同的汉字。

段落衔接，当然也力求自然。

我知道，小说取胜靠故事情节，人物刻画、谋篇布局、思想内涵都至关重要。这要深厚的功底，很难。高手什么都能写，写什么都有味道。但是宝宝做不到啊！

没有卿卿我我的经历，爱情题材很少涉及；一直在企业上班，官场上的事知之甚少……记忆深刻的是故土，熟悉的是底层人物。所以，我写了一些"琵琶洲""小南门"，大都是江南小镇上的人和事。

当今小小说形形色色，万紫千红。无论写什么题材，总是想传递一些什么内涵给读者吧？汪曾祺说，文学要有益于世道人心。文章千古事，"真善美"是永远的话题。

而我，对民风民俗情有独钟。尽管这方面的知识远远不够，但我在关注、在了解。写作的过程本来就是学习提高的过程。

我写小小说，是当短篇小说构思的，担心废话太多，努力精简文字，写成小小说的篇幅——不知这是不是小小说的一种写法。在构思过程中，我还总想把传统文化糅进小说里，想用风土人情丰富小说，弥补内容形式的不足，希望乡土气息能成为我小小说的一个标识。

当然，独特的思想内涵、小说人物的精准对话、漂亮意外的结尾等都是我努力的目标。

小小说肯定要写下去，好像越来越欢喜。既然要写下去，理应有所突破，有所提高。

我期待有更多的读者！

图书在版编目（CIP）数据

半座桥 / 戴智生著 . -- 北京：中译出版社，2022.3
（第九届(2018—2020)小小说金麻雀奖获奖作家自选集）
ISBN 978-7-5001-6991-8

Ⅰ. ①半… Ⅱ. ①戴… Ⅲ. ①小小说—小说集—中国—当代 Ⅳ. ① I247.82

中国版本图书馆 CIP 数据核字（2022）第 038070 号

半座桥
BANZUOQIAO

作者：戴智生

责任编辑：温晓芳 / 特邀编辑：尹全生 / 文字编辑：宋如月
封面设计：北京锋尚制版有限公司 / 内文排版：北京杰瑞腾达科技发展有限公司

出版发行：中译出版社
地址：北京市西城区新街口外大街 28 号普天德胜大厦主楼 4 层
电话：（010）68002926 / 邮编：100044
电子邮箱：book@ctph.com.cn / 网址：http://www.ctph.com.cn
印刷：北京中科印刷有限公司 / 经销：新华书店

规格：880mm×1230mm　1/32
印张：8.75 / 字数：147 千字
版次：2022 年 4 月第 1 版 / 印次：2022 年 4 月第 1 次
ISBN：978-7-5001-6991-8
定价：42.80 元

版权所有　侵权必究
中译出版社